ダッシュエックス文庫

JN178912

メロディ・リリック・アイドル・マジック

石川博品

第1章「世界はキリストより有名だ。すくなくとも、ここ沖津区では」

まるで魔法のようだった。

計ったかのように寒さがゆるみ、花は咲いて、あたらしい季節となった。見知らぬ街を歩きながら吉貞摩真《よしさだなずま》は春の風を胸いっぱいに吸いこんだ。

学生寮は公園を背にしていた。二本の木が三階建ての屋根よりはるかに高くそびえ、建物を守っているように見える。

それを見あげて背を反らすナズマを小さな人影が追いこした。門の脇《わき》の通用口を開けるその人物はスウェットパーカーのフードをかぶっていた。手にはコンビニのレジ袋を提《さ》げている。上半身はオーバーサイズのパーカーに隠されているが、スキニーデニムがほっそりした脚《あし》のシルエットを浮かびあがらせて、ナズマにはそれが女性だとすぐに知れた。

「あの、すいません。ここに住んでる方ですか」

ナズマの呼びかけにふりかえった彼女は棒つきのチョコレートアイスを口にくわえていた。彼女の目は不思議な影を帯びていてそれは、見知らぬ者におびえる心のあらわれのようにも、ナズマには計りしれないほどの深い悲しみを映したものとも、あるいは思いがけなく好みのタイプどストライクな人に出会ってしまった羞《は》じらいをにじませた色とも取れて、彼は目を離すことができなくなってしまった。

彼女は楕円形《だえんけい》のアイスの先端をかじりとり冷たそうに口の中で転がすだけで、何も答えない。仕方なくナズマの方でことばを継いだ。

「僕、今日からこの寮に入ることになってるんですけど――」

「……またアイドルバカか」

彼女が低い声でいった。

これまでの人生でまったく縁《えん》のなかったことばをぶつけられて、ナズマはとまどった。

「えっ？　アイドル？」

彼はテレビを観《み》ないし音楽も聴かなかった――観られなかったし聴けなかったので、アイドルというものを好きになりようがない。

「この寮とアイドルが何か関係あるんですか」

ナズマがたずねると、彼女は眉間《みけん》にしわを寄せた。

「……知らないの？」

「はい」

「……変なの」

そういうなり彼女は踵《きびす》を返し、建物の入口へと向かった。ガラスの戸を重たそうに引きあけ、そのまま肩に当てて保持する。中に入れということらしいと察してナズマは彼女につづき、戸をくぐった。

中は暗く、ひんやりとしていた。病院の受付に似たカウンターが右手に見える。彼女がそこに向かい、ボタンを押してチャイムを鳴らした。建物の奥の方でチャイムは響いた。出てくる者はなかった。

「……いない」

そういって彼女はスリッポンのスニーカーを脱いであがり口にあがった。ナズマから見て左手にある、戸も仕切りもない下駄箱《げたばこ》にスニーカーを入れ、スリッパを履《は》く。三和土《たたき》からの段差を加えてようやく彼女はナズマと同じ目の高さになった。

ナズマは背中のリュックをおろしてかまちに置いた。身のまわりのものだけ持ってきたので重くはなかったが、気が張っていたためか、とても疲れていた。

「高校どこですか」

ナズマがたずねると、相手は小さな声で「春日《かすが》高校」と答えた。

「僕といっしょですね。何年生ですか」

「……一年」

「それじゃあ――」

いっしょのクラスになれるといいですね、と小心者の彼にとっては一般人でいうところのプロポーズに当たるレベルの勇気をふりしぼってアプローチしかけたところ、それを聞きとがめたかのように正面にふたつあるドアの右側がいきおいよく開かれて、中から金髪の男が姿をあらわした。

「おうアコ、何だソイツは。なんでここに入ってきてんだ」

金髪男は金属バットを肩にかついでやってきた。背が高かった。アコと呼ばれた彼女のとなりに立つと、三十センチ以上大きい。髪は金色のマッシュルームカットで、Tシャツの袖《そで》から伸びる腕は生白《なまじろ》く、金属バットを持ってはいるが野球部員というふうには見えなかった。

「コイツ、いかにもアイドル好きって感じの冴《さ》えねえツラしてんなあ」

薄笑いを浮かべながら金髪男は、座禅《ざぜん》の導師《どうし》がするようにバットをナズマの肩に当てる。シャツの生地《きじ》越しにその冷たさが伝わってくるようでナズマは身震いした。

「いや、あの、僕は……」

「……ちがう。この人――」

彼女が残りすくなくなったチョコアイスをじっと見つめながらいった。「ここに住むって」

「ん……？　ああ、おばちゃんがいってた新入りかあ」

金髪男はバットをひっこめ、自分の肩に預けた。

「……おばちゃんは？」

彼女がたずねると、金髪男は、

「たぶん二階」

といって廊下を歩いていき、「おばちゃーん、新入りが来たぞー」と奥の方へ大声で呼びかけた。返事はなかった。廊下の奥は薄暗く、触るとひんやり冷たそうなリノリウムの床とあいまってナズマのむかしかよっていた小学校を思いださせた。教室を逃げだしたあとで歩く廊下は、近くの教室でおこなわれている授業も遠く聞こえてどこからも隔《へだ》てられ見落とされているような気がしたものだった。

高校生が暮らす寮と聞いてナズマはにぎやかで活気のある場所を想像していたのだが、この春日町《かすがちょう》学生寮はそういったものとはすこしちがうように思えた。

男はバットで肩をたたきながらナズマの前にもどってきた。

「おまえ、春日高《カスこう》の新入生だって？」

「は、はい……」

「俺もカス高。二年生だ。ま、仲よくやろうぜ」

にやっと笑って男は元来た部屋にもどっていった。

都立春日高校を受験した帰りにこの寮の様子を見たときには、すこし古ぼけてはいるが感じのいい白い外壁と、通りから一本奥に入っただけなのに静かで落ちついた雰囲気《ふんいき》なのと、となりの公園からのぞけばコの字型になった建物に囲まれた中庭があって芝生《しばふ》の上でくつろげそうなのとで、まだ高校に合格してもいないのにナズマは春からここに住むものと決めて楽しい新生活を夢見はじめたのだった。父の海外赴任に母がついていくと聞いて、最初は一人暮らしがしたいと思ったのだが、学校から徒歩五分という好立地の、管理人をのぞけば住人は高校生だけというこの寮で夜になれば誰かの部屋に集まって夜遅くまでおしゃべりしたり、日曜日には中庭に出てピクニックみたいな昼ごはんにしたり、試験前にはみんなで協力して勉強したりというのも悪くないと考えた。

沖津区にある都立春日高校——通称カス高は都立高の中でも難関のひとつだったし、当時ナズマの住んでいた巷区《ちまた》からは遠かったので、受験したのは中学校で彼だけだった。自分の力を示して選ばれし者となったのが誇《ほこ》らしかった。ここに入れば過去を捨てて生まれかわれると思った。

それなのにこの寮にはあのガラの悪い金髪男がいる。あんなのに目をつけられたらこれからの高校生活がひどいことになるだろう。そんなのはまるで、最悪だった中学時代のくりかえしだ――ナズマはいやに熱い汗《あせ》が肌《はだ》ににじむのを感じた。

チョコアイスを食べおえたアコはレジ袋の中からチョコボールを取りだして食べはじめた。箱についた黄色いくちばしを唇《くちびる》に当て、ころころと口の中に転がりこませる。ふてくされたような顔で咀嚼《そしやく》しながら、ナズマの前を去ろうとしない。

「……私、ここにいる」

きいてもいないのにそんなことをいいだすので、ナズマは怪訝《けげん》に思う気持ちを顔に出してしまった。

「えっ？」

「……ここの管理人は私の伯母《おば》」

話の脈絡《みやくらく》がつかめずナズマは首をひねる。彼女は腕を伸ばして廊下の奥を指差した。パーカーのサイズが大きすぎて、袖口から指の先がわずかにのぞくだけだった。

「……伯母ちゃんは私のことを紹介したがる。部屋に帰ってもきっと呼ばれる。だから最初からここにいる」

　どうやら彼女はことばについても行動についても省エネタイプの生き方をしているらしかった。どことなく冷たい印象を受けた。ナズマの方も決して熱い生き方をしているわけではない。ただ、それなりに汗をかき、努力してきた結果としてここにいる。

　管理人の「おばちゃん」は、一度電話で挨拶《あいさつ》したときに聞いた声から想像していたとおり、恰幅《かっぷく》のいい女性だった。掃除機を手に提げて廊下の奥からやってくる。

「管理人の尾張《おわり》です。よろしくね。それでこの子が――」

　彼女はパーカーのフードをかぶった頭に手を置いた。「私の姪《めい》の尾張下火《あこ》。この寮に住んでるの。仲よくしてね」

　ナズマは彼女に向かいあらためて「よろしく」と頭をさげた。下火は無言で会釈《えしゃく》を返すだけだった。結んだ唇の端にチョコレートのしみがついていた。

「さあさあ、あがってあがって。ナズマくんの部屋はここね。あ、靴はそこの下駄箱に入れて」

　管理人はやや早口にいって、さっき金髪男が出てきた部屋のとなりにあるドアを引きあけた。引っ越し業者はまだ来ていないらしく、部屋の中は空《から》だった。

「うちの門番のクニハヤくんにはもう会ったでしょ？」

「えっ……クニハヤ？」

　スニーカーの紐《ひも》を解きかけていたナズマはその手を止めた。

「クニハヤく～ん、ちょっと出てきて」

　管理人がとなりのドアをノックすると、金髪男がふたたびやってきた。ナズマを見おろし、小さく鼻をすする。

「クニハヤくん、こちら今日からあなたのおとなりさん、吉貞ナズマくん」

「えっ……ナズマ？」

金髪男は大きく目を見開いた。「まさか、おまえ……巷区立筍《たけのこ》小学校にいた吉貞ナズマか？」

「クニハヤって……津守国速《つもりくにはや》？　くぅちゃんなのか？」

ナズマは靴紐を解くのももどかしくスニーカーを脱ぎすて、彼に飛びついた。彼はそれを受けとめ、力強い腕でナズマを抱きかかえた。

「おーっ、ナズマァ！　マジかよ、信じらんねえ！　でっかくなりやがって！」

「くぅちゃん……ホントひさしぶりだ……」

ナズマは涙が出そうになるのを必死でこらえ、幼馴染《おさななじ》みの顔を見あげた。

津守国速はナズマにとって小学校時代の大親友だった。クラスに一人の友達もいなかったナズマは、学校の外にあっては国速率《ひき》いる一コ上グループに所属していた。国速はガキ大将といったタイプのリーダーではなく、悪知恵と口のうまさで仲間をひっぱる少年だった。

その彼がナズマの前から姿を消したのは彼が小六の夏で、「俺は受験の向こう側に行ってくる」と中学受験モードに入ることを宣言してからのことだった。

「俺のわがまま許してくれてありがとう。幸せになります」

そんなラストメッセージとともに国速はマジックモンスターカードの束を筍公園ブランコ前の地面にそっと置き、去っていったのだが、もちろんナズマたちはわっと声をあげてそれに群がり、レアカードをデッキに加えてしばらくは「筍小マジモン最強軍団」として名を馳《は》せたのだった。

　あれから五年近くたつ。

「いやあ、マジで懐《なつ》かしいなあ」

　国速はナズマの肩に手をまわし、管理人の方に向きなおった。「おばちゃん、俺とコイツは小学生のころ毎日いっしょに遊んでた仲なんだ。秘密基地作ったり、キャンプしたり、線路沿いに歩いて汽車にはねられた少年の死体をさがしに行ったりしてたんだよ。なあナズマ、バーンとテディは元気か？」

「何だそのウソ記憶」

　成績優秀だった国速は渋皮教育学園渋皮《しぶかわきょういくがくえんしぶかわ》中学校という有名な中高一貫の進学校に合格した。クラスの問題児だったナズマには入ることのできない学校だった。小学校を卒業すると同時に国速はシングルマザーだった母親の再婚にともない、引っ越していった。ナズマの一コ上の仲間たちは中学校にあがると疎遠《そえん》になった。中学校は先輩に親しく話しかけることなど許されない社会だった。小学校ではぐれ者だったナズマは、中学校では学校社会の底辺に押しこめられた。年齢差を越えてつながっていられたあの特権的な時間をうつくしい思い出として胸に秘めながらナズマは、三年間の孤独などどん底生活を耐えしのんだのだった。

「でもくぅちゃん、どうしてここにいるの」

「おまえこそ、なんでここにいんだよ」

「俺はさ、親が海外に転勤になって『PM2・5とか怖いからおまえは残れ』っていわれて、それで」

「なるほどな。俺はアレだ、母親がまた結婚しやがってよ。正確にいうと、俺が小学校卒業するときに再婚して、一年後に離婚して、去年また再婚したんだ。通算三回目だぜ。ようやるよホント。俺はもうそれで厭《いや》になって家を出てここに入ったってわけだ」

ナズマのききたかったのはそういうことではなくて、なぜ春日高校にということだった。中高一貫の学校に通っていたのに、わざわざ受験して別の高校に入るなんておかしい。だが再会したばかりということもあって、さらにつっこんだ質問をすることははばかられた。

「実は、ここにいる理由は他にもある」

国速がナズマの肩をつかむ手に力をこめた。

「え、そうなの？」

「ああ。いまからそれを見せてやるよ」

国速の部屋に引きずられていきながらナズマは下火の方を見た。

「アコ、もうすぐ引っ越し屋さんがくるからナズマくんを手伝ってあげなさい」

下火は伯母である管理人に命じられて明らかに気乗りのしない様子で「うん」とうなずき、コンビニ袋をパーカーの腹についたポケットにつっこんでナズマたちのあとについてきた。

部屋に入ると狭かった。三人だと玄関口で体がつかえてしまいそうだ。

壁に先ほどの金属バットが立てかけてあった。そのグリップエンドを国速が指で押す。

「この寮の基本ルールその一、部屋のドアに鍵《かぎ》かけるの禁止。ただし男子のみ」

「え？　どういうこと？」

「この寮、俺とおまえとおばちゃんの旦那《だんな》さん以外は全員女なんだ。おばちゃん入れて、えーと……十七人か。二階と三階は女しか住んでいない」

「そ、そうなのか……」

学生寮に入ったら女子だらけだった、などという妄想《もうそう》を抱いたことがないわけではなかったが、さすがにそれが現実になるとはナズマも思っていなかった。しかもかつての親友と部屋がとなりどうしなのだ。さっき一瞬ここに来たことを後悔したのがバカみたいだった。

「それで俺たちが部屋に女連れこんで悪さしないように、施錠《せじょう》厳禁なんだ。あとは野良《のら》犬、野良猫、猫型ロボット、フタバスズキリュウ、台風のフー子も連れこみ禁止」

「後半はみんな猫型ロボットが原因だよね」

ナズマはとなりにいる下火を見おろした。厚いスウェット地のフードに細い首が包まれている。ナズマの肩にまわした国速の腕がフードの先に触れて彼女はおびえたように身をすくめた。

「くぅちゃん、尾張さんが入ってきちゃってるけど、これはいいの？」

「おっと、小さいもんで気づかなかった」

国速は笑った。「おいアコ、もし俺たちに変なことをされたらそのバットでなぐっていいぞ。い、変なことの内容はナズマにきいてくれ」

「あ、はい」

下火はうなずくと、意外なほどのすばやさでバットをつかみ、ナズマに向かって振りかざした。

「わあっ!」

ナズマはとっさに手で頭をかばった。

バットの先が天井にこすれてガリガリと音を立てた。下火はふっと力を抜いてバットをおろし、元のように立てかけた。

「……いまのは冗談」

「でしょうね」

ナズマは叫んだ拍子《ひょうし》に出てしまったよだれを手で拭《ぬぐ》った。

国速がフードをかぶった下火の頭を撫《な》でる。

「なあナズマ、コイツおもしろいだろ。ちょっとかわってるけど、俺は気に入ってんだ」

「……クニハヤ先輩もかわってる」

下火にいわれて国速は笑いだした。

「ハハッ、そうだな。おまえのいうとおりだ」

下火は表情をかえぬままナズマに目を向けた。

「……こっちの人はバットでなぐりかかるとビビる」

「当たり前だ」

人間観察のやり方があまりにも荒っぽいのでナズマはあきれてしまった。

国速が天井を指差す。

「ナズマ、二階と三階は男子禁制だから何があってもあがるな。それと、来客があったら俺たちが対応する。玄関前に配置されてんのはそういうわけだ。番犬みたいなもんだな」

「ああ……それでさっき怖い顔して出てきたのか」

共同生活のルールがひとつひとつ明かされるたびにナズマは胸が高鳴るのを感じた。そのルールがなじみのないものであればあるほど、それを吸収する自分があたらしい自分に作りかえられていくと思った。

寮の部屋は八畳一間という話だったが、国速の住処《すみか》は物だらけで足の踏み場もなく、数字よりも狭く感じられた。床には本やらＣＤやらレコードやらＤＶＤやら何やらよくわからない箱やらが山と積まれ、机の上はパソコンとフィギュアと何なのかよくわからない機械とに占拠《せんきょ》されていて、座れそうな場所はベッドの上しかない。そこに向かおうと狭いすきまを爪先《つまさき》立ちで歩きだしたとき、何か柔らかいもので背中を押された。ナズマは思わず「わっ」と声をあげてしまった。

「あ、ごめん」

下火が何かに蹴《け》つまずいたのか、前のめりになって彼にしがみついていた。ふりかえるため体をねじった彼の脇腹《わきばら》にいま、その柔らかなものは当たっていた。

ぶかぶかのパーカーに隠されていて気づかなかったが、下火の胸はその細い体に似つかわしくない大きさだった。彼の脇腹に浮きでた肋骨《ろっこつ》が彼女の乳房に食いこみ、彼は酷《ひど》いことをしている気分になった。

「……ごめん」

もう一度いって彼女は体を起こす。

「いや、こっちこそごめん」

ナズマは軽く頭をさげた。何をあやまっているのか、自分でもわからない。

ベッドにふたり並んで腰をおろす。

下火がチョコボールの箱を差しだしてきた。

「……あげる」

「えっ？　ああ、ありがと」

黄色いくちばしから転げでてくるのをてのひらで受けとめる。ある記憶がナズマの脳裏《のうり》にフラッシュバックした――彼女はこのくちばしに口をつけてチョコボールを食べていた。つまり、これを食べれば間接キスということになる。彼女の方からそんなものをくれるなんて、これはもうモテない彼にとって一般人でいうところの婚約指輪に当たるレベルのプレゼントなのではないかと思い彼は、三つのチョコボールをいきおいよく口に放りこんだ。

「あっ、うまい。ひさびさに食べたらチョコボールうまいなあ」

大きな声でいうナズマを下火も国速も不思議そうに見た。

国速は本の山にひっかかって机の下からわずかにしか引きだせないキャスターつきの椅子《いす》に体をねじこむようにして座った。

「悪いな、散らかってて」

国速は彼の母が看護師で家を空《あ》けることが多いためその埋めあわせとしてたくさんのおもちゃを買いあたえられていたのだったが、その当時から散らかす物の内容はかわってもあいかわらず物だらけのごちゃごちゃした部屋に住んでいると思いナズマは、何だかうれしかった。五年近く会わぬうちにすっかり背は伸びて髪は金髪になり目つきは悪くなったが、親友と呼べる間柄《あいだがら》だったあのころと中身はかわってないのだ。

「俺さ、いまアイドルにハマってんだ」

「ア、ア、アイドル？」

ナズマは机の上でマイクスタンドをつかんで何やら熱唱しているとおぼしき青い髪の美少女フィギュアを見つめた。「アイドルっていうと、LED《エルイーディー》とか？」

国民的アイドルグループ・LEDはCDシングル三十作連続ミリオンセラーの記録を打ちたて、栄華《えいが》の盛りにいた。地方の姉妹グループや研修生《インターン》と呼ばれる若手も含めると数千名のメンバーが在籍していて、極《きわ》めれば奥の深い世界なのだが、そういった流行に疎《うと》いナズマは五人ほどしか顔と名前を一致させられるメンバーがいない。そうしたディープなところまで到達するには軒端原《のきばはら》にある劇場に行ったり握手券や投票券のついたCDを買わなくてはならず小中学生の財力では厳しい面があるためか、これまでナズマのまわりにもあまり熱心なLEDファンというのは見当たらなかった。

国速がアイドルにハマっているというのでナズマはそういったカネのかかる方面に手を出し

ているのではないかと踏んだのだったが、その予想ははずれた。

「ハァッ？　俺の愛するアイドルとあんな『商業お遊戯《ゆうぎ》』をいっしょにするんじゃねえッ！」

国速が椅子の回転を利用してまわし蹴りを放ってきた。ナズマは身をよじって何とかそれをかわした。

「LEDが好きじゃないってことは、他のアイドルが好きってこと？　俺、テレビ観ないからよくわからないいんだけど」

「あのなあ――」

国速は机を手で押してふたたび椅子を回転させた。「本物のアイドルってのはテレビの中なんかにはいない。それはここ、沖津区にいるんだよ！」

「沖津区に……？」

巷区から越してきたばかりのナズマにはその地名に具体的なイメージを結びつけることができなかった。「それは……何かそういう場所があるの？　コンサートするところとか」

「ん？　そうだな――」

国速は椅子の回転を止め、下火に目を向けた。「アコ、おまえ沖津区に住んで長いんだろ？いまの質問に対する答え、わかるか？」

下火は目を伏せた。

「……沖津サンプラザ」

「うん、まあ世間《せけん》一般にはそう思われてるな。あそこのホールは一応『アイドルの聖地』っていわれてる。だがな、あのステージに立つやつらはクズだ！　ダッセエ歌うたってヒッデエ衣装着てクッソみたいな振付《ふりつけ》で、ＭＶなんかメンバーの顔のアップが連続するシーンでちょくちょくブスが映りやがるからな。ホント最低だわ」

「……よく見てんな」

下火がぽつりとつぶやいた。

「何が最低ってさ、ああいうのみんな、おっさんたちの会議で決まってるわけ。だからあいつらアイドル名乗ってるけど自主性と個性と知性をうしなった哀《かな》しきシャンソン人形なわけ。何歌って何しゃべって何着て何食って何炎上して何謝罪して何たたかれて何左遷《させん》されて何卒業して何女優挑戦して何コケてって、全部上からの指示なわけ」

「ねえよそんな指示」

ナズマはあきれて笑ってしまった。

「一方で沖津区には小さなライブハウスがたくさんあってな、そこでは真のアイドルたちが日夜シノギを削《けず》ってんだ。沖津区ってのはアイドルかギャングになるしか出世のチャンスがない街だから」

「どんな街だよ」

「真のアイドルってのはさ、みんな女子高生なんだよ。どこの事務所にもレコード会社にも所属してない、ふつうの女子高生だ。誰の指示も受けてない。自分たちでやってる。自分たちでグループ作って、自分たちで曲書いて、自分たちで振付して、自分たちの制服着て、自分たちでライブハウス押さえて、自分たちでチケット売って、自分たちでCD焼いて、自分たちで物販やって、客をよろこばせて、力を合わせて、食べて、祈って、恋をして——わかるか？　それが沖津区のアイドルだ」

「全然わかんないんだよね」

「おまえ……それでよくのうのうと沖津区にやってこれたな……」

国速は頭を抱えていたが、やがて椅子を半回転させてナズマに背を向けた。「よし、ならば見せてやる、真のアイドルの姿を！」

机の上にある大きなディスプレイにパソコンメーカーのロゴが映しだされた。机の脇に立つ柱状のオブジェだと思っていたものはスピーカーだった。国速はＭｕＴｕｂｅ《ミューチューブ》の画面を開いて何事か入力した。

すべて予想していなければいけないことだった。床に積んであるのはＣＤだった。机の上の機械はパソコンで音楽を作るためのものだった。キーボードと並んで白と黒の鍵盤《けんばん》が並んでいた。フィギュアはボーカロイドの仏音《ふつね》レンヌだった——すべてが音楽の存在を明に暗に示していた。

心構えが必要だった。腹の奥に力をこめ、拳《こぶし》を握りしめて、歯を食いしばる。うつむいて、これから来るものに備えなくてはならなかった。いざというときのために逃げ道を確保しておくべきだったのだ。何でもないふうで、何ならすこし怒ったように、ときには何かふつうじゃない感じでその場をあとにするのが彼のやり方だった。だが遅すぎた。彼の恐れていたものはすでにはじまっていた。画面の中で光が弾《はじ》けた。

「これが沖津区最高の、いや日本最強のアイドルグループ・世界だ。この映像は去年の首都圏ツアー最終日《ファイナル》、沖津〈ワン・ミリオン・クラブ〉のライブで、ホントすごかったんだ。俺もちよっと映ってて、おまえに見せるの恥《は》ずかしいんだけどさ」

三人の少女が踊っていた。大きなスピーカーに狭い部屋で、音があふれて破裂してしまいそうだった。

いつもの幻《まぼろし》がナズマを襲《おそ》ってきた。黒い骨組の立方体が本の山の上を跳《は》ね、壁に当たってナズマの膝《ひざ》にぶつかった。小さな黒い球が無数に降ってナズマの肩を打った。大きな立方体の内部に小さな立方体が生まれ、転がってからからと酸漿《ほおずき》の実みたいに鳴りそうなものだが音は出ない。

いつもそうだった。この世に音楽がある限り逃れられないのだ。

「うわ、出たあ！　俺！　ステージにあがってひとしきり踊ってからの〜、ダァァァイブ！　ヒエ〜、ダッセエーッ！　このカエルみたいなおかしな動き！　ナズマだけには見られたくなあい！」

それがおかしなこととはじめて気づいたのは保育園の「おうたの時間」だった。ナズマの目に映っているものが他の子供たちには見えていなかったのだ。音楽を聞くと空中に不思議な幻が見えるのは彼だけで、それは特撮のヒーローが持つ力とはまったくちがって何の役にも立たないから、誰に誇ることもできずむしろ気味が悪いだけのものだった。音楽が複雑になればなるほど見える幻は増えた。やがて幻が彼の視界を覆《おお》いつくし、彼は逃げだした。お遊戯の時間も、音楽の時間も、運動会の練習も、入学式も、体育祭も、合唱コンクールも、卒業式も――逃げだすのが癖《くせ》になった。じっとしていると周囲を音楽の幻にふさがれて息がつまった。自分にしか見えないものを背負いきれずに押しつぶされてしまいそうだった。

ナズマはとなりの下火に目をやった。彼女は心なしか身を乗りだしてアイドルの歌い踊る画面を見つめているようだった。彼女を遠く感じた。せっかく名前を知り、こんな近くに座り、わずかだがことばを交わして、すこし距離が縮《ちぢ》まったと思ったのに、また離れていってしまった。悲しかった。彼女はふつうの人間で、ナズマはふつうでなかった。

「さっき見せてやるっていったよな、ここにいる理由を。それがこれだ。よく見てみろ、この三人の制服。世界のメンバーは三人ともカス高の三年生なんだ。どうだ、スゲエだろ」

紺色《こんいろ》のブレザー、赤地にストライプのリボン、グレーのプリーツスカート――受験したときに見た春日高校の制服だった。立方体のすきまからそれは見えた。

高校では音楽が必修ではないと知ってナズマはそこに賭《か》けることにした。授業中に突然走って教室から出ていくおかしなやつだと思われるのはもう厭だった。学校行事をサボるというだけで、便所にたむろして煙草《たばこ》を吸う連中より下の、触れてはいけない存在と見なされてきたが、それももう終わりだ。テレビも観ないしゲームもやらないからみんなの話題についていけないのも、真面目《まじめ》だからということにすればいい。ナズマは中学時代必死に勉強して、進路の選択肢《し》をできる限り増やすことにした。行事に熱心でないところ、真面目な生徒が多そうなところ、同じ中学から誰も受験しないところ――そうやって選んだ春日高校だったのだが、そこにはアイドルがいるというのだ。

「そしてもうひとつ、俺がここ、ここにいる理由――それは世界のセンター・猫野百合香《ねこのゆりか》さんがこの春日町学生寮で暮らしているからなのだァァッ！　同じ釜《かま》のメシを食う仲ッ！　パカァァッ！

あ、これは釜の蓋《ふた》が開く音な」

立方体は増えに増えて国速の部屋を埋めつくした。細かい球が流れこんですきまをなくし、小さな立方体は大きなものの中で増殖してはちきれんばかりだった。ナズマはベッドの上で現実にはない圧力を肌に感じて体を丸めた。身動きが取れなかった。空気が薄い。失神《しっしん》しそうだった。

「ナズマおまえ――」

国速に声をかけられ、ナズマは顔をあげた。彼はさぐるような目でナズマを見ていた。

「まさかLEDファンとかじゃねえだろうな」

ナズマは力なく笑った。

「あ、ありえない、い。何の興味もないよ」

「よし。それでこそ我が心の友だ。で、アコはどうだ？」

問いかけられて下火はわずかに目を伏せながら答えた。

「……私は割と好きです、ＬＥＤ」

「おまえなあ――」

国速は机の天板をこつこつと指でたたいた。「反LEDの急先鋒《きゅうせんぽう》であるこの寮にLEDファンが入りこむなんてヤバイぞ。サウジアラビアでとんこつラーメン屋をオープンしちまうくらいヤバイ。バリカタとかいってる場合じゃない。替え玉無料なんていっても焼け石に水――」

彼のことばはノックの音で中断された。部屋のドアをたたく者があった。

引っ越し業者が来たものと思いナズマは立ちあがった。音楽の中でじっとしているのはもう限界だった。

椅子から立とうする国速を手で制してナズマはドアの方に向かった。逃げだすのであっても、国速にかっこわるいところは見せたくない。

ドアを開けると、タオル地のヘアバンドで前髪をあげた女子が立っていた。Tシャツの裾《すそ》から手をつっこんで脇腹を掻《か》いている。かたちよくくぼんだへそがのぞいた。

「おっ、何だコイツ」

彼女は目をぱちくりとさせた。ナズマの背後で何かが崩《くず》れおちるような音がした。

「ユリカ先輩！」

国速が飛んできて背後からナズマの体を抱えた。「先輩、コイツ俺の幼馴染みで――」

「おうクニハヤ、音止めろや。なんで自分の歌を大音量で聴かされなきゃなんねえんだよ」

彼女がにらみつけると、国速は部屋の中へもどっていった。本とCDの山を崩しながら机に向かい、音楽を止める。幻が消え、ナズマはほっと一息ついた。

先月までいた中学校では、ナズマたち中学三年生は校内に並ぶもののない「大人」だったが、そんなものは目の前の彼女にくらべればスキだらけのガキだったのだとナズマは思いしらされた。唇はつやを帯び肌はなめらかで、長い下睫毛《したまつげ》の縒《よ》りあつまっているのを見ているとなぜだか胸が苦しくなる。

「先輩、コイツ俺の幼馴染みで吉貞ナズマっていいます。カス高一年で今日から俺のとなりです」

ナズマは国速にうしろから頭を押されて「よろしくお願いします」と深くお辞儀《じぎ》した。彼女の靴下はもこもこした素材の分厚いもので、それをスウェットパンツの上にかぶせて履いていた。首のところがダルダルになったTシャツにうっすらと乳首が浮きでて見えた。必ずしもスキがないわけではないようだとナズマは思った。

「ナズマよ、このお方がトップアイドル・世界のセンター、猫野百合香さんだ。ちなみにトップアイドルなのに友達すくなくて昼休みにひとりでパン食ってるところがよく目撃されている」

「うるせえよ」

百合香が踏みこんでナズマの肩越しに国速をなぐりつけた。Tシャツの下で彼女の乳房が無防備に揺れてナズマの目を釘《くぎ》づけにした。

「あれっ？　あんた確かおばちゃんの姪とかいう……」

百合香はナズマを押しのけて部屋の中をのぞいた。「このふたりに変なことされてない？　何かあったら私にいいなよ」

「あ、はい」

下火は小さな声で答えた。

「ユリカ先輩、ちょっとききたいことがあるんですけど」

なぐられた頭をさすりながらいう国速に、百合香は首をかしげた。

「何よ」

「あくまで仮の話ですけど、もしこの寮にＬＥＤファンが住んでいたらどうしますか」

「そんなもん即追放だよ」

百合香は即答し、ナズマを見た。「何なの？　この子がそうだっていうの？」

「いや、だから仮の話ですよ。それにコイツはパドックに整列した牝馬《ひんば》の尻《しり》にしか性的関心を抱けない男ですから」

「特殊なキャラつけんのやめろ」

ナズマの抗議に取りあわず、国速はつづけた。

「じゃあ……仮の仮の話ですけど、もしＬＥＤのメンバーがいたとしたら？」

「そんなもん見つけ次第《しだい》殺すよ」

百合香は即答し、下火の方に目をやった。「何なの？　あの子がそうだっていうの？」

「いや、だから仮の仮のカリフォルニア・ドリーミングですってフヒヒ」

笑いながら国速はナズマの耳元に口を寄せた。「いまのでわかっただろ？　この寮でＬＥＤはマジでタブーなんだ」

「うん……」

ナズマはうなずいた。見つけ次第殺すなんてルールは知らされても胸が高鳴ったりはしない。

「ちょっとぉ、そろそろ本題に入りたいんだけど」

百合香は腕を組み、声にいらだちをにじませた。

「あ、すいません」

国速が頭をさげる。「で、何か用ですか」

「うん。洗顔フォームを買ってきてもらおうと思って来たんだけど」

「え？　そんなの明日にすりゃいいじゃないですか。学校の帰りとか」

「いや、ちがうんだよ。さっきせっかく買い物に行ったのに、買うの忘れてきちゃったんだよ。そういうのってスッゲエ気になるじゃん？　ホントだったらいまごろここにあるはずなのにって思うと、居ても立ってもいられなくなるよね」

「いやもう、しょうがねえなあ」

国速がナズマの肩をつかんだ。「ナズマ、もうひとつ寮《ここ》のルールだ――アイドルのいうことは絶対。この寮にはアイドルとその関係者がたくさん住んでいる。むかしは人気なくて空き部屋だらけだったらしいが、いまではこのユリカ先輩を慕《した》って集まってきた連中でいっぱいだ。つまり管理人は何かトラブルがあった場合、経営上の判断に基《もと》づきアイドルの肩を持つ。アイドルの命令を無視したり逆らったりしたら追放もありうるぞ」

「それってちょっと不公平じゃない？　だって家賃はいっしょなわけだし……」

「あのおばちゃんはああ見えて東海体育大《とうかいたいいくだい》の柔道部出身だからな。上下関係とか大好きなんだ。そんな人間に公平とか平等とか人権とか通用するわけねえから」

「あのさあ、日本国憲法って知ってる？」

この学生寮を見つけてきたナズマの母親もここがアイドルの支配する封建社会であるかどうかはチェックしていなかっただろう。

「で、どうするの。行くの？」

百合香ににらまれて国速は背を丸め、ナズマのうしろに隠れた。

「いやあ……でも俺、コイツの引っ越しの手伝いがあるし……」

「あ、じゃあ僕――」

ナズマは胸の前で小さく手をあげた。「僕、行きます」

アイドルの支配を受けいれたわけではない。ただナズマはこの場を離れたかった。もう一度あの大音量の音楽を聞かされたら本当に頭がおかしくなってしまいそうだ。

「えらい！　気に入った！」

百合香はナズマの髪をくしゃくしゃと掻きまわした。「よし、世界のアシスタントマネージャー補佐にしてやる」

「よかったな、ナズマ」

国速に肩を揉《も》まれナズマは苦笑するしかなかった。

「はい、お金。ドラッグストアの場所わかる？　ここ出て右行って横断歩道渡ったとこ。洗顔フォームはコンプリートホイップってやつね。あと、フェミマでカフェラテ買ってきて。ここの裏にある公園の向かい」

百合香の差しだす千円札をナズマは受けとった。

「ところで先輩――」

国速がナズマの肩をつかんで前後に揺さぶった。「日曜のライブのチケット、まだあります？」

「二、三枚なら」

「よかった。一枚ください。コイツに世界を体験させてやりたいんで」

「わかった。じゃ、千円ね」

百合香はナズマの手から千円札をひったくった。国速に肩をたたかれる。

「ラッキーだったな、ナズマ。もう売りきれててふつうじゃ手に入らないチケットだぞ」

「カツアゲとどうちがうの、それは」

結局ナズマは自腹を切ってパシリをさせられるはめになった。

寮を出て、いわれたとおり、右に行く。中学校の前を通り、道と見紛《みまが》う橋を渡る。岸のぎりぎりまで家が建っていて、街を切りさいて流れる川だと思った。

逃げだすのはもう厭だったのに、また逃げてしまった。だがいまは逃れられたとしても、アイドルの支配するという寮で暮らす以上、音楽を聴かずにいることはむずかしそうだ。両親と住んでいたマンションは来週にもあたらしい住人が移ってくるという。帰る場所はもうない。

ナズマは足を止め、空を見あげた。日差しがあたたかかった。入学式を前にして、まるで計ったかのように寒さがゆるみ、花は咲いて、あたらしい季節となった。彼はシャツの袖をまくり、腕の内側の柔らかい肌に額《ひたい》の汗を吸わせた。

アイドルのいる学生寮というものが彼をおとしいれるために作られたもののように感じられた。音楽で取りかこんで彼をつぶす気だ。離れてしまって二度と会えないと思っていたかつての親友がふたたびあらわれたのも何らかの力がはたらいているためだろう。それならば、彼女はどうだ——尾張下火。無口で無愛想《ぶあいそう》で無表情で、意外とおっぱいは大きくて、何を考えているのかわからない。ナズマも以前はそういう人間だと見られていた——教室から突然出ていく危ないやつ。ただ苦しくて、そうするしかなかっただけなのに。

下火もそうなのにちがいない。ああいう態度にも何か必然性があるのだ。ふたりは似ている——みんな根拠のない思いこみだった。ナズマは何だか可笑《おか》しくなった。

通りに出て右手には交差点があった。それを越えて行ったところには今日ナズマがここに来るのに使った地下鉄の沖津春日町《おきつかすがちょう》駅がある。左に曲がって坂をのぼれば春日高校だ。右に行って何があるのかは知らない。この街にはナズマの知らないこと、見ていないものがたくさんある。歩くたびにあたらしい世界が生まれていくようだった。決してつらいだけの場所ではないはずだと思った。

ナズマはもう一度天を仰《あお》いだ。あたたかい風が通りを吹きぬけ、ナズマの体を揺りうごかした。それだけで彼の胸はふたたび高鳴りはじめる。まるで魔法みたいだった。信号に目をやると計ったようなタイミングで青にかわり、彼は駆け足で横断歩道を渡った。ドラッグストアはすぐそこだった。

朝の食堂はあわただしい空気に包まれていた。入寮から一夜明けてナズマはまだこの寮を流れる時間に体が慣れていなかった。

寮の建物はコの字型をしていて、一画目の筆を置くあたりに食堂はあった。壁にはいろいろな動物の写真が額に入れて飾られている。食堂と厨房《ちゅうぼう》のあいだにはカウンターが設けられていて、そこから料理を運ぶのはナズマたちの仕事だった。

「あの人はカス高の三年で、世界のプロデューサー。あの同じ顔したふたりは天涯望《てんがいのぞみ》・郷子《さとこ》の姉妹。見てのとおり双子《ふたご》だ。ダブルクイックってユニットを組んでいる。東教大附属《とうきょうだいふぞく》高校ってさ、双子の研究してるから双子枠《わく》ってのがあるんだってよ。それからアイツは欧亜《おうあ》学園の二年で、血祭《ちまつ》りってグループにいる。あの一年は確か十天《じってん》学園っていってたような……」

国速がごはん茶碗《ぢゃわん》ののったお盆を持ちながら、食堂に入ってくる女子たちに注釈をつけた。

「いろんな学校の人がいるんだね」

ナズマのお盆は味噌汁《みそしる》の入ったお椀で占められていた。アイドルが支配するという寮にあって、アイドルやその関係者は配膳など一切手伝わないのだった。

春日高校の生徒は学校が近いのでのんびりしているが、別の高校にかよう者はもっと早くに来て先に朝食を済ませてしまう。

起きたままの姿でいるのはナズマと国速だけで、女子たちはもう制服に着替えていた。猫野百合香は例外で、昨日と同じTシャツとスウェットパンツというかっこうだが、そのだらしなさがある種の貫禄《かんろく》とも映る。

下火は制服である紺ブレザーの代わりに紺色のスウェットパーカーをシャツの上から着ていた。襟《えり》のリボンはつけていない。

「おはよう」

ナズマが声をかけると、

「……おはよう」

小さな声で返事をする。

あらためて近くで見てみるととても小柄なのが実感された。髪はみじかく、襟足がパーカーのフードの厚みに持ちあげられて柔らかく乱れていた。裾がスカートをほとんど隠して長い。

「制服のときもパーカーなんだね」

ナズマが声をかけると、下火は「あ、うん」と答えてうなずいた。

「先輩みたいでいいね。学校に慣れてるって感じで。一年生に見えない」

ナズマがいうと、下火は「あ、うん」といってうなずき、去っていった。

ナズマは国速と並んで食事をした。下火はひとり離れて食べていた。寮の中に友達はいないようだ。

食事が終わって部屋にもどり、ダンボール箱から制服を出して着た。練習の甲斐《かい》あってネクタイはうまく結べた。鏡がないのでスマホで写真に撮り、自分の姿を見てみる。ブレザーの制服ははじめてだったが、なかなかいい感じに見えた。

「おお、似合ってんじゃん」

いっしょに登校する約束をしていたので、部屋を出てすぐの玄関で国速が待っていた。彼はボタンをひとつはずしたワイシャツの上にベージュのカーディガンを着て、胸にはいくつか無造作《ぞうさ》に缶バッジをつけていた。ネクタイはすこしゆるめてある。これとくらべたら自分など見るからに新入生だとナズマは思った。

「おいアコ、おまえもいっしょに行くか？」

下駄箱の前でローファーを履いていた下火に国速が声をかけた。彼女はスクールバッグではなくリュックサックを背負っていた。

三人そろって寮を出る。下火は黙ってついてきていた。

「よーし、集団登校のときは上級生のいうことを聞けよ」

国速がふりかえり、うしろ歩きになる。「俺に何かいわれたら『レンジャー！』と返事しろ。それ以外の返事をしたら罰《ばつ》として腕立て伏せ《プッシュアップ》五十回な」

「トリッキーな先輩風吹かすのやめて」

昨日渡った橋の上からナズマは川をのぞいた。木も見えないのに桜の花びらが川面《かわも》に浮き、流れていた。不思議だった。コンクリートで固められた岸を蔓草《つるくさ》の大きな葉が覆い、ぎらぎらと朝日を照りかえしていた。街の切れ目を吹きぬける風はブレザーの生地に沁《し》みて冷たかった。またし見たことのないあたらしい街が生まれているとナズマは思った。

言祝橋《ことほぎばし》の交差点にはバスの車庫があって、沖津駅などから来た生徒たちが降車する。沖津春日町駅からの生徒も合流して、交差点の狭い歩道は紺色の制服で埋めつくされた。

駅の方から来た男子の一群が国速に声をかけた。

「よう、クニハヤ。そのふたりは何だ？　弟と妹か？」

「こいつらは俺の寮の後輩。カツアゲとかセクハラは禁止な」

国速はナズマと下火の肩に手を置く。

横断歩道を渡ってきた女子が国速の肩をたたいた。

「クニハヤ、どうしたの。新入生を引率《いんそつ》してんの？」

国速はふりかえり、ナズマと下火の肩を抱いた。

「先輩、紹介します。このふたりは俺の子分です。そうです、同じ寮の。腹空《す》かせてんの見かけたら小遣《こづか》いでもやってください」

せっかく三年かけて「中三」という頂点までのぼりつめたのにまた一からやりなおしだとナズマはため息つきたくなった。まわりはみんな明らかに「大人」だった。おっさんが制服を着ているようにしか見えない者もいた。新入生はみな小さくて不安げで初々《ういうい》しい。その中でもとりわけ下火は小さくて不機嫌そうではかなげに映った。

前は病院だったという工事現場の前をとおって坂をのぼる。春日高校は交差点から見ると高台になっている。切りたった崖《がけ》のようになったところがコンクリートで固められ、水の流れた跡なのか縦《たて》に筋《すじ》が走って、街の地層といった感じだった。フェンスに川岸のと同じ蔓草がからみつき、大きな葉で覆われて、校舎をもったいぶって隠した。

坂の途中で右折する。そこから校庭が一望できた。青い葉の交じりはじめた桜の木から花びらが散った。ここにいるみんなは、近くに住んでいるからというのではなく自分の力を示して選ばれた者たちなのだと思いナズマは、その一員であることが誇らしかった。苦労して入った学校だった。降りかかる花びらが下火の後ろ髪のすきまに音もなく刺さる。柔らかい香りが立ちそうだった。パーカーの分厚いフードに花びらが散っていた。祝福の紙吹雪《かみふぶき》だと思い、それをナズマは彼女に声をかけて手で払いのけない言い訳にした。

校門をくぐると、クラス分けの表が掲示されていた。ナズマは一年B組だった。国速も並んでそれを見あげる。

「あっ、俺A組だ。アコは？　B組？　ナズマといっしょかよ。俺もナズマが来ると知ってりゃ留年してたんだけどなあ」

「さすがに重いな、その友情」

チャイムが鳴った。空に大きな幻が黒々と浮いた。同じ試験をくぐりぬけてここにいる者たちの中でもナズマだけにしか見えぬものだった。

昇降口で国速と別れ、教室に向かった。階段をのぼる途中でナズマはふりかえり、すこしうしろを歩く下火に話しかけた。

「尾張さんはずっとあの寮に住んでんの？」

昨日から気になっていたことだった。下火は首を横に振る。

「……ちがう」

「中学校はあそこじゃないの？　寮のそばにあるやつ」

「……私は十中。あれは二中」

「十中ってのはどこにあんの？」

「……沖津坂上《おきつさかうえ》」

「それってどこ？」

「……えっと――」

彼女は人差指を立てて頭の上でジグザグに動かした。「あそこの交差点の、沖津通りじゃない方の道まっすぐ行って、魔手《まの て》通りで左に曲がって、逢魔《おうま》街道とぶつかるとこ」

沖津区に来て間もないナズマにはその説明を聞いても道筋がよくわからなかった。彼女があの寮にいる理由もわからない。よくわからないが、きいてはいけない気がした。国速の事情もよくわからない。

自分だけが明確な根拠を持ってあの場所にいるとナズマは思った。

一年B組の教室に着くと、五十音順のめぐりあわせで下火は背が低いのに一番うしろの席を割りあてられていた。ナズマは窓際の席だった。

同じ学校の出身なのか、塾か何かがいっしょだったのか、すでに知りあいらしくおしゃべりしている者がいる。それでもある種の緊張感で教室は張りつめていて、廊下に出る者はいなかった。

担任の教師が来て、みんなぞろぞろと体育館に移動した。中学校の卒業式まで欠席したナズマはこの入学式でまた幻を見るのではないかと不安だったが、まわりの新入生が校歌の歌詞を知らなかったので幻は遠くに見えるだけだった。

新入生の挨拶で代表として「飽浦《あくら》グンダリアーシャ明奈《はるな》」という長い名前の生徒が紹介されて館内がすこしざわついた。その彼女が壇上にあがるとかがやくばかりの美少女だったのでざわめきが大きくなった。遠くからでも表情がはっきりとわかるほど大きな目をしていた。脚が長く顔が小さくて、演台の向こうにいる校長と見くらべると遠近感が狂いそうになる。

前に立つ男が首を伸ばすのでナズマは壇上の彼女を視界に収めるために体を左右に揺らさなければならなかった。新入生代表が顔で選ばれるはずもないから、きっと成績もいいのだろう。ナズマの中学校にかわいくて勉強もできるなんて女子はいなかった。高校というのはやはりいろいろな人が集まってくるところなのだとナズマは実感した。

式が終わり教室にもどる途中で肩をたたかれた。全国規模の模試を受けたときとなりどうしの席になってすこししゃべったことのある河野《こうの》という男だった。同じ学校の同じ一年B組になったと知ってナズマはおどろいた。

彼は薪水《しんすい》区から来ているという。ナズマは寮のことを話した。

「それって世界のユリカさんと同じとこ?」

「そうだけど、よく知ってんな」

「そりゃまあ、世界は有名だから」

国速の話を信じていないわけではなかったが、寮の外ではじめて世界を知っているという者に会いナズマは、沖津区がアイドルの街だということを事実として受けとめる気になりはじめた。

「俺、テレビ観ないし、アイドルのこととか全然わかんないんだ。俺の……先輩にいわせると、世界みたいなのが本当のアイドルで、ＬＥＤは偽物《にせもの》だって」

「ああ、わかるわかる」

「ＬＥＤを嫌ってる人ってそんなにいるのかな」

「テレビ点《つ》けたらいっつも出てるからな。ちょっとウザいとは感じる」

「ちょくちょくブスが交じってるって」

「ハハハ、確かに」

「さっきのナントカさん、新入生代表の——あの人なんかＬＥＤ入ったらいいとこまで行けそうだな」

「それはない。ああいうスタイルいい美人タイプはすでにいるけど、いまんとこトップにはなれてない。モデルとかやって同性からの支持はあったりするんだけど、それでセンターになれるかっていうと、ちょっとちがうんだよな。もっとこう、アイドルオーラみたいなのが出てないとダメなわけ。それはカワイイって感覚に近いんだよ。キレイってのとはちょっとちがうんだ」

「えっ……」

ナズマはこのあたらしい友人の顔をじっと見つめた。「河野ってさ……もしやＬＥＤオタク？」

「ち、ちがうよ！　全然知らないって！」

河野は激しく頭を振った。

ナズマにはアイドルを好きになるという気持ちがわからなかった。たとえば自分の好きな同級生の女の子がアイドルになってしまったら、いままでどおりの好きではいられない。すべてのかわいい女の子がアイドルになってしまうのなら、それはすべての男子から好きを奪うのと同じことだ。遠く離れてみんなのものになってしまった女の子を好きになることはナズマには根拠のない感情に思えて、本当のものでない気がした。

「今度の世界ライブ、行くのか？」

河野が階段の手すりをたたいてリズムを取った。

「ああ。チケット手に入っちゃったからな」

「いいなあ。ソッコーで完売したやつだろ？」

ナズマは気が重かった。体育館のような広いところならともかく、ライブハウスで歌を聴くなんて幻の立方体に押しつぶされに行くようなものだと思った。そこから逃げだすことは、学校とはちがうので許されるような気もしたが、アイドルの支配するという寮で孤立するのが怖かったし、何より国速を失望させたくなかった。

教室で担任からみじかい話があったあと、新入生たちは解放された。ナズマは下駄箱の前で下火を見つけた。近くに寄ってみると、パーカーのフードにはまだ桜の花びらがついている。

紺色のパーカーに散った花びらは彼女に似合って見えたし、そのままにしておきたい気もしたが、話しかけるチャンスでもあった。

「あの、尾張さん……服に花びらついてる」

下火はふりかえり、「どこ?」といって肩を手で払った。

「いや、ちがう。うしろ」

ナズマがいうと、彼女はフードをつかんでばたばたと振った。一度顔の前までひっぱって確認したのち、くるりとうしろを向いてナズマに背を向ける。彼にはその意図がわからず、とまどった。

「あ、うん。まだついてる」

彼はフードの底にへばりついていた花びらをつまんで取った。「取れたよ」

下火はうなずきなのか感謝の意なのか判別できないほど小さく頭をさげ、ローファーを下駄箱から出した。彼女の何気ない仕草《しぐさ》が自分に対する信頼を示してくれたようでナズマはうれしかった。

「待って。まだひとつついてるよ」

彼は手を伸ばし、彼女の後ろ髪に刺さる花びらを取ろうとした。黒い髪に桜色はよく映《は》える。表面についていると見えたものが意外と深くまで入りこんでいた。彼は指で髪を分け、親指と人差指で花びらを挟《はさ》んだ。ひっぱると、いっしょに挟まった髪が細く張りつめる。髪の上を滑る指の腹に湿ったような感触があった。

弾かれたように下火が離れ、彼をにらみつけた。

「……触んないで」

「あ……ごめん」

彼は花びらをつまんだ指を顔の前に持ってきた。彼女が何と誤解しているのかはわからないが、彼としてはただ親切でやったことなのだ。

下火は後ろ髪を手で押さえたまま彼をにらんでいたが、ふっと目をそらした。涙がにじんでいるように彼は思った。

昇降口から花びらが吹きこみ、無数に舞いちっている。それを掻きわけようとするかのように荒々しく手を振りながら下火は出ていった。ナズマは花びらから指を離した。床に落ちた他の花びらに紛《まぎ》れて見分けがつかなくなる。彼女の髪の感触が指に残って切り傷のように痛かった。

何かが彼女をかたくなにしている。それが彼女の本質でないという保証はない。だが柔らかい髪に触れてナズマは、彼女の奥にある優しいものの存在を確信していた。

下駄箱の前で立ちつくす彼を他の一年生たちが追いこしていく。その流れに押されるようにして彼は靴を履きかえた。ローファーの中は何だか冷たかった。

歩きだそうとしたとき、背後から何か重くて柔らかいものが衝突してきた。彼はバランスを崩して傘立ての金枠に脛《すね》をぶつけた。

「痛《い》ってえ！」

ふりかえるとそこには猫野百合香が軽く息を切らしながら立っていた。どうやら走ってきて体当たりをしかけたらしい。グレーのカーディガンを腰に巻いた彼女はうつくしかった。ナズマのクラスにいたどの女子よりも制服が似合っている。髪を掻きあげるとほのかに甘く香った。

彼女はナズマの目を見てにっと笑った。

「新入生、いいとこで会ったな」

こういうときのいいとこは相手にとって都合のいいとこでしかないとナズマは経験で知っていた。彼はぶつかられた衝撃でぴりっと電気の走った首筋を撫でた。

百合香が彼の肩に手を置く。

「ねえ悪いんだけど、ヨーグルト買ってきて。朝最後の一個食べちゃってさ。私、乳酸菌が切れると手が震えてくるんだよね」

「いわゆる危険ヨーグルトの禁断症状ですね」

ナズマは周囲の視線が痛いほど浴びせられているのを感じた。入学式の帰りに新入生が三年生と会話するなんてことは、下校途中の生徒全員の目を引くのに充分な異常事態だ。

百合香は鞄《かばん》から財布を取りだした。

「はい、お金。昨日のドラッグストアの向かいにスーパーあるからさ、そこで買ってきて。ヨーグルトは乳酸菌が生きて腸まで届くやつね。生きて腸まで届かないやつだったらおまえを殺す」

「生類憐《しょうるいあわれ》みの令ってこんな感じだったんですかね」

ナズマはしぶしぶお金を受けとった。

「ほら、ダッシュ！　はじめてのおつかいでももうちょいキビキビしてんぞ」

百合香が手を打ちならす。

ナズマは走った。グラウンド横の道を抜けると、くだり坂だった。交差点へとかけおりながらナズマは胸が高鳴るのを感じた。午前中だけとはいえ、高校生活の初日ということで彼は緊張していたのだった。「下界」にもどった彼は大きく息を吐いた。固くなっていた体がほぐれ、血液がいきおいよく体中をめぐっていくのがわかった。

途中で下火を追いぬいた。すれちがいざまに見ると、彼女はまた彼をにらみつけた。

これから彼女とともに暮らす。同じ寮で寝起きし、同じクラスで勉強する。特に親しくなったというわけでもないのに、わくわくしていた。新しい生活がはじまると思った。それが魔法のようなら、彼女をかたくなにしているものを解く魔法もあるはずだ。それはきっと見つかる。なぜなら彼が選ばれてここにいるからだ。

風が交差点を舞った。わあっと大声をあげたい衝動をおさえながらナズマは青信号の点滅する横断歩道に向けて加速していった。

第2章「今日は愛、明日は。世界」

今朝も泣きながら目をさました。

下火《あこ》は涙に濡《ぬ》れた顔をスウェットパーカーの袖《そで》で拭《ぬぐ》った。そこから逃れてこめかみに伝いおちた涙の粒はフードの裏地に染《し》みこんでいった。

（なぜ……私が選ばれてしまったのか……）

カーテンのすきまから漏《も》れいる朝の光がフローリングの床に一本の線を作っていた。下火にはその線の行方《ゆくえ》を目で追う気力も湧《わ》かなかった。

体が動かない。ベッドも布団《ふとん》もなしに床の上で寝ていたため、体の熱がすっかり奪われてしまった。強張《こわば》っていた脚《あし》を伸ばすと、膝《ひざ》の関節《かんせつ》がきしむ。寝返りを打つと、夜のあいだ床に当たって圧迫されていた部分がようやく痛みはじめた。

すべて自分に対する罰《ばつ》だと思った。

下火は顔のそばに置いてあったスマホを拾いあげ、時刻を確認すると、その横のチョコレートを手に取った。プラスチック容器の蓋《ふた》を開け、チョコの粒をざらざらと口の中に流しこむ。甘さがじんと頭に響いた。唾液《だえき》があふれ、血液がめぐり、否応《いやおう》なく体がいつものいとなみを再開しようとしている。

許されていい、いいるとこの瞬間だけは感じるのだった。

しばらくするとチョコが効いてきたので下火は起きあがった。上下のスウェットを脱ぐと、鳥肌《とりはだ》が立つ。あたらしい季節となって寒さがゆるみ花が咲こうとも、朝は寒かった。

下火はＴシャツの下にブラジャーを着けた。冷たい足には靴下を履《は》く。ダンボール箱からお気に入りのスウェットパーカーをいくつか取りだし、見くらべて最終的に灰色《はいいろ》のものを選んだ。懐《なつ》かしいにおいがしてあたたかい。サイズが大きいためお尻《しり》が隠れ、ワンピースだといいはれば通用しないこともなさそうだが、さすがにすぐパンツが見えてしまうのでデニムを穿《は》く。

積みあげられたダンボール箱以外、部屋には何もない。家具などはすべて捨ててきていた。前の家を思いださせるものなど見たくもなかった。

後ろ髪についた寝癖《ねぐせ》を指でいじりながら下火は部屋を出た。階段の手前にトイレがある。その洗面台はいつもなら人でいっぱいなのだが、今朝は誰もいなかった。寝癖に水をつけ、押さえつける。

（一応かたちにはなったが……隠しておこう……）

下火はパーカーのフードをかぶった。

一階におりると、お姉ちゃんの部屋から二人組の男子が転げでてきた。

「うおーっ、眠《ね》みィー」

「あー、ヤバイ。無意識にドアの向こうをクリアリングしちゃってる」

「ナズマよ、それは完全にＦＰＳ中毒だ」

京都の大学に行っているお姉ちゃん――伯母《おば》の娘で下火の従姉《いとこ》――は二年前までこの部屋を

使っていたのだが、いまはそこで津守国速《つもりくにはや》が暮らしていた。下火はこの寮に入って二週間たつが、いまだそれに慣れない。カメラマンの伯父《おじ》はペンギンを撮りに南極へ行っていて、管理人室には伯母ひとりだ。そのことも下火の知る春日町《かすがちょう》学生寮とちがう点だった。

「おっ？」

国速が下火に目を留め、近寄ってきた。「見ろよコレ。かわいいなあ。外国の男の子みたいだ」

肩を抱いて引きよせ、フードの上から頭を撫《な》でる。

(男の子……)

大柄な国速は力が強く、下火はされるがままになった。

「やめろよ、くぅちゃん。尾張《おわり》さん嫌がってんじゃん」

ナズマが止めに入る。

(くぅちゃん……)

解放された下火はフードの下で乱れた髪を手で直した。

「アコ、おまえゲーム好きか？　俺ら徹夜でゲームやってたんだけどさあ、おまえもやりたかったら来いよ。PCから携帯ゲーム機まで何でもあるから」

国速がフードのてっぺんをつまんでひっぱった。

「尾張さんは戦争ゲームなんかやらないでしょ」

ナズマがいうと、国速は彼の胸を小突《こづ》いた。

「それでもおまえよりは使えるだろ。おまえマジで下手《へた》すぎんだよ。ミニマップ見ねえでつっこんで敵にポイント献上しやがって」

「でも最後の方はよかったでしょ。ヘッドショットけっこう決めてたし」

「よくねえよ。K／D○《キルデス》・五にも届かないくせに生意気いってんじゃねえぞ」

トイレに行くといって国速が去ってしまうと、ナズマは力ない笑みを下火に向けた。

「ごめんね。意味わかんなかったでしょ、いまの話」

「あ、うん（K／D○・五行かないとかド素人《しろうと》かよ。Noob《ヌーブ》はソシャゲではしゃいどけ）」

玄関の前は下火とナズマのふたりきりだった。外の光を背にして黒い影となったナズマがうつむいた。

この場所で一週間前、彼と出会った。そのとき彼の目は不思議な影を帯びていてそれは、見知らぬ者に取りいろうとする心のあらわれのようにも、下火には計りしれないほどの大きな不安を映したものとも、あるいは思いがけなく好みのタイプどストライクな人に出会ってしまった興奮《こうふん》をにじませた色とも取れて、彼女は目を離すことができなくなってしまった。

だがその後チョコボールを食べたときの反応から見て彼はただのチョコレート中毒患者で、あのときもただ下火の持っていたアイスが欲しかっただけなのだと彼女は判断した。

（これ以上チョコを与えないのが優しさだろう……いまならクリーンにもどれる）

入学式の日には髪を触られた。突然のことに対するおどろきと、指の感触が呼びおこした愛《いと》しさ懐かしさとが下火を混乱させた。そのせいで彼を責めるような態度を取ってしまったが、本当は自分が悪いのだと彼女は思っていた——すべて自分の責任で、すべて自分への罰だ。

「おいアコ——」

トイレからもどってきた国速が頭を掻《か》きながらいう。「俺らメシ食ってアニメ観《み》てすこし仮眠してから行こうと思ってんだが、おまえどうする？」

「……私はすぐ行きます」

「そっか。俺らも世界の出番までには行くからさ」

今日は寮の先輩・猫野百合香《ねこのゆりか》が所属する世界のライブが午前中からあるのだった。みんな応援に行って寮は空《から》っぽだ。下火は別に行きたくなかったのだが、あたらしい友人に誘われてしまったから仕方がない——あれを友人といってよいのかどうかはわからないが。

下火は食堂に移動し、ナズマたちと離れた席で朝食を摂《と》った。朝からライブハウスに行く者たちのために、おにぎりやら玉子焼きやらウインナーやら、運動会の日のお弁当みたいな食べ物がテーブルに並べてあった。

（玉子焼き超うまい……私、玉子焼きしかない国に住むことになっても全然やっていけるし）

国速としゃべりながらナズマがチラチラとこちらを見ていた。玉子焼きしかない国なんてわけのわからない妄想《もうそう》を見透かされたようで恥《は》ずかしくなった。

食事を終えると、ひとりで寮を出た。歩いて沖津《おきつ》通りを北上する。すぐのぼり坂になった。路面に「信号守れ」「スピード落とせ」の文字がペイントされてあった。すべて坂をくだる人のためのもので、下火には向けられていなかった。風が冷たかった。街路樹として植えられたプラタナスの樹皮が迷彩柄《めいさいがら》のように見えた。

　沖津区で生まれ育ったのに、いま歩くのは知らない通りだった。知らない通りなのに、何もかもが見知ったもので構成され、目あたらしいものなど何ひとつない。こんな街など終わってしまえばいいと思い下火は、パーカーのポケットからイヤホンを取りだして耳にねじこんだ。

　学校の休み時間に音楽を聴いていると「何聴いてるの」と声をかけてくる同級生がいた。それがわからないから聴いているのに何をいっているのかと思い下火は聞こえないふりをする。いま聴いているこのプレイリストを作った人は何を思っていたのだろうと考えながら歩くと、うんざりするほど退屈な学校も街もやりすごすことができた。

　逢魔《おうま》街道を越えると街路樹が銀杏《いちょう》にかわった。なじみのある魔手《まのて》通りとちがって沖津通りは歩道も車道も狭かった。それでも区の名前を冠《かん》しているだけあって、中央線の沖津駅が近づいてくると中心街らしくにぎやかになる。ガードをくぐって沖津サンプラザの前に出た。そこが待ちあわせの場所だった。

　白く高いビルの前が広場になっていて、入場を待つ人たちが列をなしていた。彼らの着ているTシャツの文字を見て下火にはLED《エルイーディー》の次世代ユニット・まめでんcue《キュー》！のコンサートであることがすぐわかった。

（なちゅり推《お》しの人がいっぱいいるなあ。パフォーマンス圧倒的だし、そりゃ人気出るよね。次の統一選挙どうなるんだろ。いきなり選抜入りはないにしても、大躍進は確実だな。一位が誰になるかってことより私はそっちの方が気になる……）

ＬＥＤには複雑な思いがあったけれど、各メンバーのことは純粋に応援していた。倍率五千倍というオーディションを勝ちぬいて選ばれたメンバーの実力は本物で、どんなに選挙の順位が低いメンバーでも下火にとっては尊敬すべきアイドルだった。

選ばれることの本当のよろこびと過酷《かこく》さがいまの下火には身に染みて理解できる。たかだか倍率二倍の入試に受かって浮かれている同級生たちとはちがう。

それも罰だった。

思いに沈む下火の背中を強くたたく者があった。下火はおどろいて跳《と》びあがった。

「アコチン、遅れてごめ～ん。待った？」

飽浦《あくら》グンダリアーシャ明奈《はるな》、通称アーシャがたいして悪いとも思っていなさそうな笑顔を浮かべて立っていた。

「ううん（アコチン……）」

下火はイヤホンをはずしてポケットにしまった。

入学式で彼女が新入生代表として体育館の演壇にあがったとき、その名前のインパクトとかがやくばかりのうつくしさに会場が大きくざわめいたのだった。上級生の中には立ちあがって写真を撮ろうとする者もいた。

そのときはスピーチが堂々としていて男子並みに背が高くて、きりっとした硬質の空気をただよわせていたのだが、いま目の前にいる彼女はパステルカラーのブルゾンにスカートという服装で、ふわっとした印象を受けた。

（このブルゾン、袖の切りかえ超カワイイ……）

下火はアイドル以外にもかわいい女の子に目がない。

「ねえアコチン、人いっぱいいるね。何かコンサートでもあるのかな」

アーシャが広場を見わたす。

「……まめでんｃｕｅ！　の公演」

「何それ」

「……ＬＥＤの次世代ユニット。センターはなちゅりこと――」

「なんでそんなことわかるの」

「……Ｔシャツとかに名前書いてある」

「名前なんか見てもふつうわかんないでしょ」

ＬＥＤに関することは触れない方がいいとわかっていた。寮全体が反ＬＥＤなのだから、そんなことを話していたら迫害されかねない。

下火はむしろ迫害されたかった。それが自分にはふさわしいと思った。

「……私、本社のファンだったから」

「本社？」

「……あ、ＬＥＤのこと」

「は？　テメエ！」

突然首を絞《し》められて下火はつぶされたカエルのような声を漏らした。

（これは……迫害をとおりこして殺害……！）

やがて下火は突きとばされるようなかっこうで解放された。

「アコチン、ＬＥＤファンなの？」

「……元ファンだよ（そしてもうすこしで故尾張下火になるところだった……）」

「やめたの？」

「……うん」

「う〜ん……じゃあ、許す！」

今度は突然ハグされる。下火は相手の感情の振れ幅についていけなかった。

「アコチンがあの良心のかけらもない歩く死神どもと縁《えん》を切っていてよかった。一度悪の道に走った人の方が本当の善人になれるんだよ」

「うん（何かコイツ、ＤＶ男みたいで怖いな……）」

「ＬＥＤなんてカネに踊らされてるクズだよ。アイツら清純派みたいなこといっといて裏では合コンやツーショットプリクラや上カルビにまみれてるんだ」

「うん（最後のは別にいいだろ……）」

「とにかく、この沖津区ではＬＥＤなんか見つけ次第《しだい》殺すからね」

「うん（何がうんなのか）」

女子二人が首を絞めたり抱きあったりＬＥＤのことを声高《こわだか》に語ったりで、ＬＥＤファンの耳《じ》目《もく》を集めてしまっているのに下火は気づいた。

「あ、そろそろ行こっか（だいたいこの女の発する声はデカいのだ……）」

「そうだね。じゃあ、本物のアイドル・世界のライブに出発だ！　ＬＥＤとかいう偽物《にせもの》のアイドルじゃなくてね！」

「あ、うん（だからさあ……）」

　沖津通りの信号が青にかわって、下火は強くひっぱられながら横断歩道を渡った。


　ふたりがはじめてことばを交わしたのは入学式から三日たった放課後のことだった。

　寮の部屋に帰るのが厭《いや》で下火は校内をうろついていた。ひとりになりたかったが、ひとりになると自分を責めて際限なく心が沈んでいく。それが怖かった。

　音楽室の前をとおると、中から歌声が聞こえてきた。二、三人ほどの女声《じょせい》だった。

（発声練習やってんのかな……）

　歌なんてしばらく歌っていない。

　中学のときは合唱部に所属していた。あまり熱心な部でなく、そこが下火の性《しょう》に合っていたのだが、この高校の合唱部もそうであるのなら時間をつぶすのにいいと思った。

　防音のため窓のない扉だった。中の様子がうかがえないので入るのに躊躇《ちゅうちょ》していると、うしろから声をかけられた。

「見学に来たの？」

　下火がふりかえると、そこに立っていた女子は大きな目をいっそう大きく見開いた。

「あっ、あなた……学生寮の……」

下火も相手が誰なのか知っていた。何しろ彼女は話題の人だった。

「あ、えーと……ドングリアーシャさん」

「誰がお池にはまってさあたいへんだ！」

彼女は手に提《さ》げていたレジ袋を振りあげた。「グンダリアーシャだよ！」

一年E組の飽浦グンダリアーシャ明奈は入学式以来すっかり有名人になっていた。男子も女子も彼女のことをうわさし、その美貌《びぼう》を褒《ほ》めそやしたりそねんだりした。ぼっちの下火はそうしたうわさのネットワークに加わっていなかったが、かえって聞き耳を立てていて、彼女が日本とヒンドスタン共和国のハーフであること、地元でも評判の美少女で、しかも成績優秀、家はお金持ちというチートキャラであることは把握《はあく》していた。

（何だ何だ……私とキャラかぶってんじゃん！）

そんなことを人知れず思っていたのだが、それだけでなく春日町学生寮で暮らしていることもかぶっているのだった。彼女は入学式の日の午後に入寮した。何でも、家は沖津駅前で、バスでも自転車でも通学できるのに、わざわざ寮生活を選んだのだという。

その彼女とこうして話すのははじめてのことだった。下火は寮にいるとき、ほとんど部屋から出ない。食堂や浴場でも人から離れている。

いまこうして向きあってみると、彼女は学校の薄暗い廊下にあってもかがやくようなうつくしさで、下火は見とれてしまった。

（三つ編みツインテ、かわいいなあ……）

先細りに編んだ三つ編みは、ふつうの人がやるとすこしわざとらしいが、彼女のエキゾチックな顔立ちにはよく似合っていた。

「私のこと、アーシャって呼んでね」

そういってほほえむ彼女に、下火はいつもの仏頂面《ぶっちょうづら》で答えた。

「……私は尾張下火です」

「ねえアコチン、世界のリハ見に来たの？」

急にアーシャがせまってきて、下火はドギマギしてしまった。

「（ア、コ、チ、ン……）いや……」

「えー、見ていきなよー」

アーシャが手を握ってくる。

「（ねぇタメ語やめな～）いや……」

下火が心地よいと感じる他人との距離は世間《せけん》の標準よりもやや遠く、そこを無神経に縮《ちぢ》めてくる相手は苦手なのだが、アーシャはいっさいお構いなしで下火の手を取り、扉を開けて音楽室にひっぱりこむ。

「先パーイ、パン買ってきましたー」

中は明るかった。正面の窓から午後の柔らかい日差しがふんだんに入っている。

寮で見かけた双子《ふたご》がいた。それと、猫野百合香。他にも数人いて、みなTシャツにジャージというかっこうだった。

「クランベリー・ノワあった？」

ペットボトルを手にした百合香が歩みよってきた。アーシャはレジ袋を掲《かか》げる。

「ありましたよ」

「よっしゃあ！」

百合香がガッツポーズして、まわりの者たちは笑った。

アーシャは買ってきたパンを全員に配りおえると、下火と並んで椅子《いす》に腰かけた。

「今度のライブに向けていま最後の追いこみしてるの。これからとおしでリハやるんだって」

「……合唱部とか軽音は？」

下火がたずねると、

「そんなのとっくにアイドルがのっとったよ」

アーシャはなぜか胸を張った。

アイドルたちは床の上で車座になってパンをむさぼり食っていた。アイドルということばからイメージされるものとは対照的に汗《あせ》くさい体育会系な現場だ。

「アコチンは世界ファンなの？」

アーシャにたずねられて下火はことばにつまった。

「（ニコチンと同じイントネーション……）いや……よく知らないんだけど……」

世界の動画は入学式の前日にお姉ちゃんの部屋で観た。下火の知っているアイドルとはちがって騒がしくてガチャガチャしていてとげとげしくて、いまひとつよさがわからなかった。

「アコチン、世界知らないの?」

アーシャが顔を寄せてくる。「沖津区の高校かよってて世界知らないとかモグリだよ」

「(沖津区生まれ沖津区育ちの私が……モグリ……)ごめん」

「世界は世界最高のアイドルグループなんだよ。かわいくて歌がうまくてダンスもうまくて、私のあこがれ。だからこの学校に受かったとき、すごいうれしかった。ユリカさんと同じ寮にも入れたし。いまでは世界のアシスタントマネージャーやってるんだ」

「(日本語に訳すと『パシリ』か……)へえ」

下火の側にはそういったことがなかった。志望校に受かろうと、何を成そうと、自分を含めて誰もよろこばない。

「私、実はハーフなのね」

「(知ってた)へえ」

「それでむかしから日本とヒンドスタンを行ったり来たりしてて、友達とかもいなかったから、中学に入っても全然なじめなかったんだ。そんなときに世界と出会って、それからは私の生き甲斐《がい》。あまりに好きすぎて、腋《わき》の下に世界のCDを挟《はさ》んで街をうろつくだけの日々を送ったこともあった」

「(もはや狂気だな……)へえ」

世界の三人が休憩《きゆうけい》を終えてリハーサルを再開させていた。水の入ったペットボトルをマイク代わりに持ち、フォーメーションの確認をする。

「ねえアコチン、今度の日曜日、世界のライブいっしょに行こうよ」

「……えっ」

アーシャに顔をのぞきこまれ、下火は我に返った。踊る三人を見ていてすっかり目を奪われていたのだ。

「私がいえばチケット何とかなるから」

「……いや」

下火は関《かか》わりたくなかった。一度逃げだした場所にふたたびもどろうなんて、許されるわけがない。

「私は……行かない」


しかしそこからのアーシャはしつこかった。

下火には逃れようがなかった。何しろ同じ寮の同じ階に暮らしているのだ。何度も何度も誘われてついに根負けしてしまった。

「たまってたアニメ観れたし、ママのお料理も食べたし、いま私テンションマジヤバイ」

アーシャは下火の手を引いて沖津ブロードウェイの入口前を横切った。この近くに家のあるアーシャは平日のみ寮に泊まり、週末は家族のもとに帰っているのだった。

日曜日ということもあってブロードウェイに出入りする人の流れは絶え間ない。それを強引にアーシャは掻きわけていく。

「アコチンって沖津区なんでしょ？　中学校どこ？」

「（手をつなぐのは何とかならんのかな……）十中」

下火はこの状況を人に見られるのが恥ずかしく、うつむきながら歩いた。

「私、沖津中なんだけど、校則でブロードウェイ入るの禁止されてたんだ。私は余裕で入ってたけどね。十中はどうだった？」

「……私のとこはなかった。ここ遠いし」

「そもそもなんでそんなこと禁止されなきゃなんないのって感じだよね。沖津区に住んでもいない先生にそんな権利ないんだよ。私はこの街で好きなところに行く。誰にも行き先を決められたくない」

「うん（それは……ちょっと納得してしまった……）」

いま下火は伯母の世話になっているとはいえひとりの部屋で暮らしている。アーシャのいうとおり、すべてが与えられたもの強《し》いられたことではなく、自分で決められることもあるはずだった。そう考えると、なじみのない叛町《ほんちょう》五丁目という住所に自分がいる根拠もすこしはあるのかもしれないと下火は思った。

沖津駅北口からブロードウェイにつながるアーケード街・沖津サンモールと並行して走るなかよしロードには居酒屋やラーメン屋などの飲食店が軒《のき》を連ねている。その中ほどにライブハウス〈ワン・ミリオン・クラブ〉はあった。斜《なな》め向かいのラーメン屋にはまだ午前中だというのに行列ができていた。

　狭く急な階段をおりるとコインロッカーが並んでいた。壁にはすきまなくフライヤーが貼《は》られてあった。アーシャが入口の係員に名乗ると、名簿《めいぼ》を確認したあとで入場を許された。中は暗くて人が大勢いる。床は何だかべとべとしていた。バーカウンターがあって、その向こうには酒の瓶《びん》がたくさん飾られてあった。

（この盛り場感……ちょっと怖い……）

「あっ、チヨスケ先輩！」

　片隅《かたすみ》で立ち話をしていた女子にアーシャがかけよった。寮の食堂で見かけた顔だ。

　アーシャは彼女の腕を取り、下火のもとへひっぱってきた。

「アコチン、この人は世界のプロデューサーの千代反田佑子《ちよたんだゆうこ》さん。通称チヨスケ先輩」

「あっ、あんた――」

　チヨスケは紙コップを持つ手で下火を指差した。「この前のリハに来てたよね？」

「あ、はい」

　下火はひょこっと頭をさげた。

「今日は一年生向けのイベントだからさ、楽しんでってよ」

「あ、はい（私ぶっちゃけ今日ノリで来たんで……）」

　チヨスケは下火とアーシャにドリンクチケットをくれた。ふたりはそれを持ってバーカウンターのスツールに腰かけ、ジュースを注文した。

下火は会場内を見わたした。客層は女子が六、七割を占めているようだった。下火の知るアイドルコンサートとは様子がちがう。

「女の子ばっかりでしょ。むかしはもっと多くて九十九%女の子だったんだ。それが、世界の『ノット・ジャスト・ガールズ・ファン』事件っていうのがあって、そこからアイドルシーンの流れがかわったんだよね。私もそのとき現場にいたけど、すごい感動したなあ」

「へえ（なんでこういう人たちって自分からいいだしといて詳《くわ》しくは説明してくんないんだろ……）」

「世界は結成までのエピソードがカッコイイんだよね。それぞれのグループのセンターだった猫野百合香さん・大浅《おおあさ》香玲《かれい》さん・奏屋《かなでや》ぴあのさんの三人が閉塞《へいそく》するアイドルシーンに風穴《かざあな》を空《あ》けるべくスーパーグループを結成したっていうね。そのまえに先輩グループの余命半年《よめいはんとし》、通称ヨメハンっていうのがいてさ——」

アーシャの話は長くなりそうだったが、会場内のBGMが消えると同時にやんだ。観客がステージの方につめかけ、バーカウンターの前に空間が生まれた。

「私たちも行こう」

腕をひっぱられて下火はアーシャとともに観客の最後尾についた。

やがてロックなSEとともにあの双子がステージに現れた。ライトがついて、ステージ後方に張られた横断幕《おうだんまく》には「双生」の文字。

「こんにちは！　ダブルクイックです！」

声をそろえて双子がいい、オケが流れはじめた。音楽室のリハで一度聞いた曲だったが、その音量があまりに大きいので下火は面食《めんく》らってしまった。

（何これ……メッチャおなかに響くんだが……）

「サトコ先パーイ！　ノゾミ先パーイ！」

となりでアーシャが声を張りあげるが、それさえかきけされそうだ。

下火は前に立つ人の背中に押されてよろめいた。観客たちはみな、その場で飛びはね、体をぶつけあうようにして踊っている。サイリウムを振る余地もコールをする余裕もここにはなさそうだった。

アイドルのコンサートといえば、やはり大事なのは歌で、口パクでも生歌《なまうた》でも、まず歌を聴かせなければならない。だがダブルクイックの場合、オケが大きすぎるのか、双子の声量がないのか、歌声がよく聞こえなかった。だがダンスは非常にいい。むずかしいことはやっていないが、ふたりの息がぴったりで、見ていて気持ちよかった。

五曲歌って双子はステージをあとにした。観客は拍手《はくしゅ》でそれを送る。

アーシャと下火はふたたびバーカウンターにもどった。

「すごいよかった～。動きもキレキレだったね」

「うん（あれは相当練習してるな）」

「先輩たちっていっしょの部屋に住んでるんだよ。三階の、階段あがってすぐのとこ」

「へえ（毎日が合宿気分だ……それはキツイ……）」

アーシャの語る沖津区アイドルあるあるを聞いていると、入口の方からナズマと国速がやってきた。国速はアーシャに手を振る。ナズマは周囲を見まわしてなぜか顔をしかめていた。

「やあ、尾張さん」

声をかけてくるナズマに下火は他人行儀なお辞儀《じぎ》で応《こた》えた。

「あっ、えーと――」

ナズマはアーシャを指差した。「ボンボリアーシャさん……だっけ？」

「グンダリアーシャだよ！」

アーシャはふくれっ面《つら》になった。「誰が五人囃《ばやし》子の笛太鼓《ふえだいこ》だ！」

（コイツ……イジられ慣れてやがる……）

下火はアーシャを横目に見た。

アーシャはナズマを指差し、いたずらっぽく笑う。

「あなたはナマズくんだっけ？」

「ナズマだよ！　ナマズのことなら何でも知ってたりしねえわ」

こちらも定番のイジられ方だったらしく、ナズマは即座にいいかえした。下火はナズマを横目に見た。

（えっ、ナズマ？　ナズナだと思ってた……よし、「ナマズに似てる」っておぼえよう……）

国速がアーシャのとなりに腰かけた。

「俺、アーシャのことむかしから知ってんだ。コイツは中学時代から沖津区のアイドルシーンに出入りしてた筋金《すじがね》入りのアイドルバカだからな」

「クニハヤ先輩だってすごいじゃないですか。世界の曲作ったりして」

　アーシャがいうと、国速は肩をすくめた。

「だけど世界サイドからは一銭ももらってねえから。まったく、どっかの偽《にせ》ベートーベンの方がよっぽど良心的だぜ。あっちは一応作家《ゴースト》にギャラ払ってたからな」

「それは払ってもらいなよ」

　ナズマが笑う。

「まあいいんだけどな。俺も好きでやってんだから。それよりアーシャ、おまえは世界のライブ手伝わないのか？　誘われてんだろ？」

「そうなんですけど……やっぱスタッフとかやってるとライブでちゃんと歌聴いてられないし……」

「えっ、そうなの？」

　なぜかここでナズマが食いついてきた。「スタッフって歌聴けないの？」

　あまり話したことのない相手に突然距離をつめられてアーシャはややたじろいでいた。

「う、うん……ライブ中も裏で何かしてることが多いから」

「へえ、そうなんだ。なるほどね」

　ナズマはおおげさにうなずく。

（何だコイツ……やっぱアイドルバカなのか……？）

最初に会ったとき「アイドルに興味ない」といっていたので、同じようにアイドルへの情熱をうしなっていた下火は親近感を抱いていたのだった。だがそれはかんちがいだったようだ。

またBGMがやんで、今度はホラー映画のオープニングにありそうなおどろおどろしいSEが流れはじめた。観客が移動してステージ前の人口密度が高くなる。下火はナズマたちと連れだってその中に交じった。

「これから出てくるのは血祭《ちまつ》りってグループだよ」

アーシャが下火の耳元で怒鳴るようにして説明する。

「(まだ前座なのか……)へえ」

「むかしはパン祭りって名前だったんだ」

「(テコ入れってレベルじゃねえぞ……)へえ」

「当時のセンターがLEDに行っちゃって、それで名前かえたの」

「……LEDに? それって誰?」

「吉良《きら》ひかりって人」

「へえ(きらりんかあ……確かに研修生時代から舞台度胸《どきょう》あったよなあ……そっか、経験者だったのか……)」

ステージ上のスピーカーからドロドロとした重いビートが流れでて、血祭りのメンバー四人がのしのしと袖から姿を現した。

「LEDは血祭りじゃあーッ!」

それが第一声だったので下火はおどろいたが、それに応えて観客が沸いたのにはもっとおどろかされた。

先ほどのダブルクイックとはちがって血祭りの振付《ふりつけ》はルーズだった。というよりも、下火の眼には振付というものが存在していないように見えた。動物園のクマみたいに四人がステージ上を歩きまわり、ときおりマイクを構えてうなったり怒鳴ったりする。歌詞の内容はほとんど聞きとれない。オケはドロドロとしていて、下火のｙＰｏｄに入っている曲のようだった。

（ああ……何かこれ、好きだな……）

観客が激しく跳《は》ねまわり、体の小さな下火は何度も弾《はじ》きとばされた。

「だいじょうぶ？」

腕をつかまれた。ナズマが下火の肘《ひじ》の内側に手をかけて支えてくれていた。

「あ、うん（けっこう力強いんだ……）」

なぜか胸がドキドキした。胸に響くドラムの音がそれを増幅しているようだった。

周囲の者がいくら踊ろうとナズマは微動だにしなかった。ステージの方を向かず、天井を見あげている。

（あれ？　本当にアイドル好きじゃないのかな……？）

ステージでは血祭りの面々がマネキンをいくつも設置していた。顔のところにＬＥＤ主要メンバーの写真が貼られている。寮で見かけた欧亜《おうあ》学園の先輩が真っ赤なプラスチックのバットを持ち、素振りをはじめた。それを見て下火はこのあと何が起こるのかすぐにわかった。

「ＬＥＤは血祭りじゃあーッ！」

（さっきからこれしかいってないな……）

バットをフルスイングすると、マネキンの首は吹きとんだ。ひとつ首が飛ぶたび観客は歓声《かんせい》をあげる。ギロチンが庶民《しょみん》の娯楽《ごらく》だったという時代のようだった。

七体のマネキンを首なしにしてしまうと、血祭りの四人は声をそろえていった。

「最後の曲です。『ＬＥＤ・トゥック・マイ・ベイビー・アウェイ』」

観客がどっと沸く。人気の曲なのだ。これまでとはうってかわってポップな曲調で、メンバーもきちんと歌っている。生歌で、歌唱力はかなり高い。

（ああ……きっとこの人たちはもともとこういうグループだったんだ……）

そのこともおどろきだったが、下火のもっとおどろいたのは、観客が大合唱していることだった。

僕のかわいいあの人を
ＬＥＤが連れていった
僕の心のセンターに
ぽっかり大きな穴があいた

失恋ソングという体裁《ていさい》を取っているが、ＬＥＤに入った元メンバーのことを歌っているのは明らかだった。

誰かがよろこんでいる陰《かげ》で悲しんでいる人がいる。置きざりにされたと感じた人がかならずいる。

その報《むく》いをいま受けていると下火は思った。

血祭りの出番が終わり、観客たちが散っていく中で、国速は動かず、腕を組んで立っていた。そのとなりでアーシャが目頭《めがしら》を拭《ぬぐ》う。

「あの曲、最高ですよね。あれ聴くと私、いっつも泣いちゃう」

「確かにあの曲は沖津区アイドル史上屈指《くっし》の名曲だ。血祭り自体はあの曲だけの一発屋だがな」

下火はパーカーの裾《すそ》をばたばた動かして中に風を送りこんだ。ライブ中は押しくらまんじゅう状態で、すっかり汗だくになっていた。

「ナズマ、おまえどうだった？」

国速にたずねられて、ナズマは天井あたりにただよわせていた視線を相手に向けた。さっきから彼はぼんやりしているように見える。

「ああ、うん……アレだね、けっこう女子のファンが多いんだね」

「そうだな。沖津区アイドルのキーワードに『女の子だって暴れたい！』ってのがあるからな……ってそりゃ『プニキュア』の企画《きかく》段階でのコンセプトだ！」

「くぅちゃんホント『プニキュア』好きだよなあ」

ナズマが苦笑し、下火に語りかける。「この人さ、小さいころ月一回お父さんと会う約束になってたんだけど、日曜の朝『プニキュア』観たいからってことわって、それ以来一回も会ってないんだよ。ひどすぎるよね」

「仕方ねえだろ。おっさんとデートすんのと初代の『プニキュア』無印《むじるし》だったら、『プニキュア』を取るに決まってる」

「いいですよね、無印」

アーシャがうなずく。「私、いまでもたまに観かえしますよ」

「おっ、そうなのか。おまえどっち派？　俺は黒」

「私は絶対白でーす」

暗号みたいな話になって下火にはよく理解できなかった。わかるのは、彼らが軽やかだということだ。みな背負っているものなどなさそうで、軽やかに、いまここにいる。国速は父も母も振りすててやってきていた。アーシャは春日《かすが》高校なら家からでもかよえるのに入寮した。ナズマは海外赴任の親についていかず、日本に残った。

下火だけが重苦しかった。逃れられぬ者、選ばれてしまった者としていまここにあった。

背後からのプレッシャーに圧されて下火たちはステージのすぐ前まで来ていた。公園の入口にある自転車止めの親玉みたいなものが設置されていて、ステージと観客席とを区切っている。ふりかえると、人ごみに隠れてバーカウンターがもう見えない。

会場内のＢＧＭがやみ、うしろからどっと押された。下火はたおれそうになり、自転車止めをつかんだ。さらに押されて、身を乗りだしゾウに餌《えさ》をやろうとする子供みたいなかっこうになってしまう。

「ぴあのさーん」

「レーイ」

「ユリカー」

登場を待ちきれない観客がメンバーの名を呼ぶ。

ステージ袖から現れたのはピエロのラバーマスクをかぶった人物だった。ステージ中央に向かうそのあとを一筋のスポットライトが追う。

ピエロの着ているニットに下火は見おぼえがあった。あれはライブのはじまる前に会った世界のプロデューサーだ。

「ご来場のみなさまにおしらせいたします――」

ピエロの声がマイクをとおして会場に響く。「都合により、世界の出演はキャンセルされました。その代わりといたしまして、国民的アイドル・LEDのビデオコンサートでお楽しみください」

場内はブーイングに包まれた。ピエロはおおげさに肩をすくめてみせる。

下火は何が起こったのかとあたりを見まわした。

「世界を出せー！」

となりでアーシャが叫んでいる。

「待て待て待てッ！　何勝手なこといってんだコラアッ！」

怒鳴り声とともに袖から春日高校の制服に身を包んだ三人が飛びだしてきてピエロに殴る蹴《け》るの暴行を加えた。観客は拍手喝采《かっさい》。まるでヒーローショーだ。

ついにピエロをステージから追いだし、猫野百合香は高らかに開演を宣言した。

「世界へようこそ！」

彼女たちの背後に垂《た》れ幕がおろされた。大きな地球と小さな月が描かれてあった。地鳴りのような音が響いた。スピーカーから出る音と、飛びはねる観客が発する吠《ほ》え声とがまじりあって低い天井の下で渦巻《うずま》く。下火も追いたてられるようにジャンプしはじめた。

「ユリカー！　ユリカさーん！」

アーシャがステージに手を振り、涙を流している。寮や学校でしょっちゅう顔を合わすのになぜそこまで感動するのかと下火はおどろいた。

百合香の声はどちらかというと細い方だが、他の二人と合わさっても埋没《まいぼつ》せずはっきりと聞こえた。彼女を主旋律《しゅせんりつ》として世界の三人はハモっていた。ＬＥＤでは見られないことだ。

ダンスのルーティーンがほとんどないように見えた。フォーメーションもルーズで、百合香はステージ狭しと動きまわる。ときおり指を立てたり、肘を張ったり、膝をあげたりという小さな動きが三人そろう。その瞬間は胸のすくほど気持ちよかった。

百合香はメンバーと顔を見合わせると、いたずらっぽく笑ったり、おどろいたように目を見開いたりした。そのたびに、これから起こることが彼女たちのあいだでいま決められていると思い、下火はゾクゾクした。

何度もステージ上の百合香と目が合う。一瞬だからわからないが、わずかに表情をかえたように見えた。自分のことを知られていると思った。おそらくはここにいるすべての観客がそう思っているのだ。

ステージパフォーマンスのやり方は習ったことがあった。そうした場で教えられる技術的なことをクリアしたうえで、さらに観客ひとりひとりと情緒的に結びつく才能を持つ者がいる。百合香はその稀有《けう》な才能の持ち主だった。彼女がこの場のすべてをコントロールしていた。オケも照明も、彼女の目線やステップによって創造されていると思った。神々《こうごう》しかった。

二曲歌って世界のメンバーは自己紹介した。

「一年生、一年生は手をあげて」

百合香が自分も手を振りあげて観客に挙手をうながす。アーシャとナズマが手をあげる。それに挟まれた下火もおずおずと挙手した。

「おお〜、けっこういるなあ」

観客席を見渡していう百合香のとなりで玲が苦笑する。

「いやいや……今日は一年生割引だから。ユリカのアイデアでしょ？」

「そういやそうだった。忘れてたわ」

百合香が笑い、観客も笑った。そのあいだに水のペットボトルがメンバー全員に行きわたっていた。一口飲んだ百合香はペットボトルといっしょに脱いだブレザーを舞台袖に放った。

「ＯＫ、それじゃあ一年生、いまから私のいうことを聞いて。行くよ？　……跳べーッ！」

音楽が爆発する。みなが飛びはねる衝撃で床が波打っていると思う。

号令をかけた当の百合香はステージ中央で胸を反らし、ふうっとひとつ息を吐くと、客席に向かって猛然とダッシュしはじめた。

（わっ……何だ……？）

最前列に立つ下火の頭上を跳びこえて百合香は客席に身を投げだした。

すでに歌がはじまっている。百合香は客の上を転がりながら歌おうとするが、マイクはガサガサいったりゴリッという音を拾ったりするだけだった。

（何か……スゲエ……）

うしろからのしかかられるような圧力を感じ下火がふりかえると、女の生足《なまあし》がにゅっと出たのでおどろいた。観客が百合香と同じように客の上を転がっているのだ。下火はぴょんと跳びあがって脚を後方に押しもどした。

転がる客は次々にやってくる。そのたびに下火は押しかえしたりステージと客席のすきまに突きおとしたりした。

（思いだすなあ、大玉転がし……）

小学校の運動会で一番嫌いな種目だった。当時から背の小さかった下火はジャンプしても大玉に指先でしか触れることができず、参加している気がしなかったのだ。

いまは夢中だった。このライブに全身で参加していると思った。

百合香は転がりながらステージにもどってきた。ふたたび歌い、踊りはじめる。

　下火は何度も何度もジャンプした。歌を知らないために世界といっしょに歌えないのがもどかしかった。胸の奥でことばにならぬ叫びが響いていた。

　百合香も下火ほどではないが跳んだ。世界の三人がそろって跳ぶと、下火は自分のために跳んでくれていると感じた。

　ＭＣも挟まずパフォーマンスはつづいた。百合香は肩で息をしていた。汗まみれになった彼女の前髪は額《ひたい》に張りつき、メイクは崩《くず》れ、濡れたワイシャツに水色のブラが透けている。目はうつろだ。最前列にいる下火にはそのすべてが見えた。

（この人……死ぬんじゃないか？）

　むしろ死んでほしかった。この日、このステージを最高の、そして最後のものとして彼女が息絶えるのを見たいと思った。このパフォーマンスを特別なものとして歴史に刻《きざ》みこみたかった。

「世界でした！　どうもありがとう！」

　歌いきって三人は袖へはけていった。満足できない観客たちはアンコールを求めて騒ぐ。下火も手拍子《てびょうし》をした。

　世界の三人はすぐにもどってきた。汗を拭《ふ》く間もないという様子だ。

「ひとつききたいんだけど――」

　百合香が指を一本立てる。荒い息がマイクにぶつかって、ライブハウスを風が揺らしているように聞こえた。

「ここにいる一年生の中でアイドルやってみたいって人いる?」

(アイドル……)

下火は思わずアーシャを見た。アーシャも下火を見ていた。下火は恥ずかしくなって目を伏せた。

「おお、けっこういるね。じゃあその人たちにいっておく。私たちからアドバイス」

百合香が大きく息を吸い、そして叫んだ。「いまやれ! 早くやれ! うまくなるのを待ってないでやれ!」

観客がどっと歓声をあげた。

(最初のふたつはわかるけど……うまくなるのを待ってないでやれって……世界はすごくうまいのに……)

「行くぞーッ! 『ワールドフェイマス』!」

客席から悲鳴のような声があがる。この曲が今日のクライマックスなのだと下火にもわかった。

「おいアコ、ちょっと来い」

イントロが流れる中、肩をつかまれた。国速がいたずら小僧《こぞう》のような笑顔を浮かべて下火のとなりに立っていた。

「ナズマ、おまえちょっとしゃがめ」

いわれたナズマは自転車止めをつかんだまま中腰になる。その背中を国速はたたいた。

「アコはここに乗れ」

わけのわからぬまま、下火はナズマの背中につかまった。

「肩車だ、肩車」

国速にお尻を押しあげられるので、下火は自転車止めに足をかけ、ナズマの肩に乗った。

「よし、そのままダイブだ。うしろに飛べ。飛んで転がれ」

（は？）

うしろを見ると、闇《やみ》の中に観客の突きあげる拳《こぶし》だけが浮かんで見える。前を向くと、百合香と目が合った。客席の方を指差し、口をパクパクさせている。飛べといっているようだ。

（何このリアル四面楚歌《しめんそか》……）

下火はナズマの肩を踏み、思いきって飛びこんだ。何人かの頭にぶつかり、体を持ちあげられた。てのひらや拳で背中を突かれ、後方へ運ばれる。

（痛《い》ってえ！　人の手、超痛ってえ！）

客の突きあげる手は高さがまちまちで、持ちあげられるかと思えば落とされた。痛みに身をよじると、進路がかわってステージと平行に動きだす。

ステージ上で歌う世界と同じ高さにいた。この世界に自分と世界しかいないかのようだった。

　炎上してからが本番でしょ
　愛を叫んじゃったりする場所

有名税なら5%《パー》くらいでしょ
許可とかいらない東京特許
Worldfamous Boyfriend
許されない恋を許してね

このまま波に揺られるようにしてどこまで行ってしまうのかと考えていると、うしろの方でグダグダになり、最後は背の高い男子に抱えおろしてもらって「あ、どうも」と頭をさげつつ締まらない感じで地に足をつけた。

（さて……これ、どうやってもどるんだ……？）

観客たちの背中を見つめていると、

「だいじょうぶ？」

ナズマがいつの間にかそばに来ていた。

「あ、うん（アバラやっちまった感ハンパないんだが……）」

ふたりは場内の盛りあがりから取りのこされていた。たくさん人がいるのにふたりきりだった。ステージの前までもどる術《すべ》はなさそうだ。

「あそこ座ろうか」

「あ、うん」

バーカウンターのスツールにふたり並んで腰かけた。

椅子に座り、落ちついてみると、先ほどまでいた場所は遠かった。世界が歌い踊るステージも、うしろから押されてぎゅうぎゅうづめの最前列も、飛びはね体をぶつけあう観客たちも、何もかもが遠い。

何もかも遠くて、ナズマとふたりきりだった。こんなに騒がしいのに、こちらの立てるわずかな音も彼の耳に届いてしまいそうで、下火は息を殺した。

（私のためにわざわざ来てくれたのかなあ……）

ナズマの方に目をやると、彼はステージに背を向けてカウンターの向こうを見ていた。

「尾張はさあ、楽しかった？」

「（あっ、呼びすて……）あ、うん」

こんなに楽しいことはひさしぶりだった。おそらく去年の秋以来、はじめてのことだ。踊り、跳ねまわり、悲しい気持ちがどこかへ行ってしまったように感じた。むしろ自分が悲しい心や悲しい体から離れて浮遊しているようだった。いまは、ふたたび悲しい心悲しい体にもどってきて、やっぱり悲しい。

「ナマｚ……ナズマは？」

下火ははじめて彼の名を呼んだ。はじめて会ったときから彼はとまどったような、いまここにいることを不安がるような表情を浮かべていた。そこがすこし自分に似ていると下火は思った。

「俺は、正直あんまり……」

また彼はいつもの表情になる。「こういうの、よくわかんないんだ。ふだん音楽とか聴かないし」

彼はまるで自分を責めているような口ぶりだった。音楽を聴かないくらいで自虐《じぎゃく》的になる必要などないと下火は思った。この世界は音楽を聴かない人でいっぱいだ。むしろ音楽を愛している者がこうして地下に押しこめられている。

「ユリカさん、アイドルやれっていってたね。尾張はどう？　やりたいとか思わない？」

「……いや、あんまり」

なろうと思ってなれるものではないのがアイドルだ。実力があっても運悪くオーディションに落ちることはある。ＬＥＤの現役メンバーにも二度目三度目のチャレンジでようやく合格したという人がいるのを下火は知っていた。

「アーシャはどうなんだろうな。アイドルやったらいい線行くんじゃないかって思うけど。みんないってるよね、カワイイって」

「どうだろうね（あれ……？　何か……胸がチクチクする……）」

下火はパーカーのポケットをさぐり、プラスチックの容器に入ったチョコを取りだした。蓋を開け、チョコの粒をざらざらと口の中に流しこむ。甘さが口の中いっぱいにひろがると胸の痛みは消えた。

（何だ……チョコが切れただけか……）

「世界はひとつ！　また来てね！　バイバイ！」

百合香が観客に手を振った。アンコールを終えた世界がステージを去っていく。

場内の照明がついた。ひとかたまりとなっていた観客がふっと解《ほど》けて、場内が狭くなる。

「アコチーン」

アーシャがかけてきて下火の手を取る。「すごかったね。いっぱい転がってた」

「あ、うん（セミのぬけがらみたいないわれよう……）」

「アコ、おまえ——」

国速が下火の肩に手を置いた。「ホントに転がってくとは思わなかったわ。ハハッ」

「あ、はい（消えろ、ぶっとばされんうちにな……）」

狭く急な階段をのぼって外に出ると、涼しかった。パーカーが汗を吸って重い。下火にとってパーカーは罰であり恩寵《おんちょう》だった。風呂《ふろ》に入るとき以外はいつも身に着けている。

「うおー、ソルティライムうめえ！」

地上にあがってすぐの自動販売機で買ったジュースを国速は喉《のど》を鳴らして飲んでいた。「たまんねえなあ。アイドルのライブなんてソルティライムをおいしく飲むための前戯《ぜんぎ》にすぎんよ」

「価値観が極端なんだよなあ」

ナズマが缶コーヒーを片手に笑った。

彼らふたりは昼寝をするといって寮に帰っていった。

「アコチン、うちでお昼食べてかない？」

「……いや、いい」

アーシャと下火は沖津通りへと細い路地を歩いた。店の軒と看板《かんばん》で空は狭かった。夜開く店は扉を閉ざしている。この街に下火の知らない顔があるとして、それがどんなものであるのかは想像がついた。だがこの街の誰の目にもつかない、太陽の光も届かないあの場所で行われていたことは下火の予想もつかないことだった。夢だったのかとも思う。だがパーカーに染みこんだ汗が、いまだ消えない胸の高鳴りが夢ではないと彼女に告げていた。

「アコチン、笑わないで聞いてほしいんだけど――」

先を行っていたアーシャが足を止め、ふりかえった。

「……何？」

「あのね、私、ユリカさんのことばを聞いて、アイドルやってみようかなって思ったんだ」

「……アイドル？」

「うん。それで、アコチンといっしょにやりたいなあって。ひとりじゃ不安だから」

「……そんなんじゃなれないよ」

下火は冷たくいいはなつ。アーシャのいいぐさに腹が立った。

「……ひとりじゃ不安とかいってるやつがアイドルなるとか、絶対無理だから」

それを聞いてアーシャは手で顔を覆《おお》い、その場にしゃがみこんだ。

「やだ～！　絶対なる～！」

（意外と意志強いのかよ……）

道の真ん中でうずくまるアーシャを通行人が不思議そうに見る。下火は彼女を見おろして立った。

アイドルは、たとえなりたいと思っても、どんなに夢見ていても、選ばれなければなれない。

「やってみよう」程度の心構えでたどりつけるものではなかった。

下火は自分を見ているようだと思った。強く願いさえすれば、自分が殺してしまったあの人をふたたび生きかえらせることができると信じていたときもあった。

遅かれ早かれ、それが不可能なことだと知るようになる。

下火は手を伸ばし、アーシャの頭に触れた。女子なら誰もが夢見るつややかでうつくしい髪だった。

アイドルはきっと彼女を傷つける。ならば自分も傷つこうと下火は思った。罪深い身であることも忘れて汗をかくほど踊りライブを楽しんでしまった自分には、さらなるつぐないが必要だ。

「わかった。アーシャ、いっしょにやろう（無理だとわかって絶望するまでね……）」

すべて罰なのだと思った。

第3章「アイドルだから好きなんじゃない。好きだからアイドルなんだ」

高校デビューとまでは行かないまでも、ナズマはスムーズに春日《かすが》高校での生活をはじめることができた。

同じクラスの河野《こうの》は、かつてナズマと全国規模の模試でとなりどうしの席になったことがあって、その縁《えん》で入学してすぐ友達になったのだが、彼は社交的な性格で、一週間もしないうちに友人グループを結成し、ナズマもそこに加わることができた。休み時間に教室で友人たちとおしゃべりすることなどナズマの中学時代にはなかったことだった。

月曜日、漫画雑誌を肩寄せあって読む。食堂で昼食を摂《と》り、ジュース片手に教室へもどってつづきを読んだ。漫画もジュースも中学校なら緊急全校集会で吊《つ》るしあげを食らうほどの禁制品だったのだが、高校では許されている。ナズマは午《ひる》の日差しに温められた窓枠《わく》に頭を預けながら、ずいぶん遠くまで来てしまったものだとしみじみ思った。

「この水着、小さすぎだろ」

友人たちがグラビアを見ながら声高《こわだか》に感想をいう。教室の隅《すみ》にいる女子グループが馬鹿《ばか》にしたような目でナズマたちを見た。

どこかの砂浜でビキニ姿になっている少女は、ナズマの知らない顔だったが、ＬＥＤ《エルイーディー》のメンバーだということだった。

「この遠江美南《とおとうみみなみ》ってさ――」

胸の谷間を強調するようなポーズの写真を指差して河野がいう。「どっかの離島の出身で、将来は政治家になってそういう島の過疎《かそ》化対策をするのが夢らしい。それなのにこんなバカみたいな水着を着せられてるって考えたら、余計興奮《こうふん》するよな」

友人たちは笑いだした。

「河野おまえ、詳《くわ》しすぎ」

「LEDオタクなんじゃねえの？」

河野はあわてて頭《かぶり》を振る。

「ちがうちがう！　たまたま『情熱半島』でやってただけだって！」

ナズマはLEDを敵とも見つけ次第《しだい》殺すとも思っていなかったので、河野がLEDファンであろうとなかろうとどちらでもよかったし、グラビアにも特に興奮はしなかった。

だがたとえばこのグラビアを下火《あこ》やアーシャがやっていたとしたらどうだろう。芸能人だと思っているからビキニの女性が浜辺に横たわる写真を平気で見ていられるが、それが知りあいの女子だったらとても卑猥《ひわい》で、人前で見ることなんて絶対にできない。

「アイドルといえばさあ、ナズマおまえ、ユリカさんと住んでて何かいいことないのか？」

友人たちはみな猫野百合香《ねこのゆりか》と世界のことを知っていた。昨日のライブで見たような熱心なファンというわけではないが、みな世界のメンバーにあこがれを抱いているようだ。

「いいいこととってなんだよ」

「それはアレだよ……ユリカさんが下着姿でうろついてるのを目撃したりとか」

「ないない」

ナズマは力なく笑って見せた。「おまえらが期待してるようなことは起こんないよ。ていうか、あの人たちと暮らすのってそんなにいいもんじゃないから」

一人っ子のナズマは漫画に出てくる美人の姉を持った弟がいうようなセリフをうたがわしく思っていたのだったが、自分がそうした環境に置かれてみてはじめてそうしたキャラの気持ちがわかった。百合香と顔を合わせるとパシリに使われたり風呂掃除を押しつけられたりで、ろくなことがない。

「じゃあ、アーシャさんは？」

河野がいう。アーシャは早くも春日高校全男子の注目の的《まと》となっていた。すらりとした長身の彼女が廊下を行くと、誰もがふりかえり、そのかたちのよいお尻《しり》が揺れるのを見送ってため息をつく。

「アーシャは……ほとんど話したことがないんだよなあ」

ライブのときにすこし会話を交わしたのが最後だった。寮でアーシャは下火や国速《くにはや》とよくしゃべっている。だがナズマのことはまるで目に入っていないようだった。

それでもこうして彼女たちのことでイジられるのはうれしかった。校内でも評判の美少女たちと共同生活をしている選ばれし者としての自尊心をくすぐられて気分がいい。

ナズマは雑誌を手に取り、グラビアページの中でもっとも過激な、胸を寄せてぐっと突きだすようなポーズの写真を見た。

「俺、単なる巨乳ってあんま好きじゃないんだよなあ。大きさよりも、もっとこう、顔とのギャップっていうかさあ――」

自分のこだわりについて語っていると、妙にまわりが静かなので、おかしなことを口にしてしまったかと思いナズマは顔をあげた。友人たちはみな呆《ほう》けたような表情でナズマの背後を見つめている。彼らの視線をたどってふりかえると、そこには下火が立っていた。

「お、尾張《おわり》……？　どうしたの」

「……ちょっと」

下火は教室の入口を指差した。ドアになかば身を隠すようなかっこうでアーシャがこちらを見つめていた。ナズマと下火は同じ一年B組だが、アーシャは一年E組だ。こんなところにいる理由がない。

「えっ……ちょっとって何？」

「……話があるって」

あいかわらず下火は無表情で、そこからは何を考えているのか読みとれなかった。だが状況から見てこのあと何が起こるかは明らかだった。ナズマは「えー、何だろうなあ」などとつぶやきつつ席を立った。ネクタイに手をやり、結び目の位置を直す。友人たちが「裏切られた」といいたげな目で見た。

アーシャが自分に告白してくるとして、いつ好きになったのだろうかとナズマは考えた。もしかしたら、百合香に命じられてコンビニまでダッシュするその姿がかっこよく見えたのかもしれない。

廊下に出てアーシャの前に立つ。間近《まぢか》で見る彼女はやはりうつくしかった。パソコンで修正してあるというLEDメンバーのグラビアより肌《はだ》がきれいだ。写真の中でほほえむ美少女がどんなにカメラ目線をよこそうとも、至近《しきん》距離でアーシャの大きな瞳《ひとみ》に見つめられるドキドキ感にはかなわない。

ここから校舎の裏や屋上といった雰囲気《ふんいき》のある場所へ移動するのだろうかと考えていると、

「あのね、お願いがあるんだけど――」

と切りだされた。ナズマの期待は早くも裏切られた。

「私、小学五年生の妹がいるんだけど、今週の土曜日にお誕生日会をやるのね」

「あ、ああ……そうなんだ」

「妹は世界の大ファンなの。それで、私とチンアコでグループを結成して世界の曲を歌おうと思って」

「……チ、ン、ア、コ？」

下火がぎろりとアーシャをにらみつけた。アーシャが笑いだす。

「業界用語ふうにひっくりかえしてみたんだ。アコチンだからチンアコ。いいでしょ」

「……うん、いいね。パイオツチャイチーのいうとおりだ」

「テメエ！」

アーシャが下火に飛びかかり、つかみあいのケンカがはじまった。それを見物しながらナズマは、仲がよさそうで何よりだと思った。日曜日のライブもいっしょに来ていたし、すっかり友達どうしのように見える。

ナズマはまだまだだった。ライブのときに思いきって「尾張」と呼びすてにしてみたが、ふたりの距離が縮《ちぢ》まったとは思えない。

「お願いっていうのは――」

小競《こぜ》りあいを終えたアーシャが息を切らしながらいう。「私たちのことプロデュースしてくれるようクニハヤ先輩にナズマから頼んでもらえないかなあってこと」

「プロデュース?」

「うん。私たち、あの名曲『ワールドフェイマス』を歌おうと思ってるのね。クニハヤ先輩はあの曲を作詞作曲した人だから、いろいろ教えてもらいたいの」

「それはふつうに頼んだらいいんじゃないの?」

「それがねえ、クニハヤ先輩はアイドルのプロデュースを引きうけないことで有名なんだ。祭《まつ》りもダブルクイックも断られたっていうし。たまに世界の曲を書くだけだから、みんな『惜《お》血《ち》しいな』っていってるんだよ」

「うーん……なんでだろ。あんなにアイドル好きだっていってるのに」

「でもナズマが頼めばやってくれると思うんだ。幼馴染《おさななじ》みですごく仲よしなんでしょ? ねえ、お願い。先輩に話してみてよ」

願ってもない話だった。

ここ数日練っていた計画を実行に移すチャンスだ。

「頼んでやってもいいけど……条件がある」

「条件って？」

「俺にマネージャーやらせてくれ」

「えっ？」

アーシャが目を丸くした。

彼女がおどろくのも当然だった。ナズマだって先週まではまさか自分がアイドルのマネージャーになりたがるなんて予想もしていなかった。

昨日のライブでアーシャから聞いた話がきっかけだった。アイドルのスタッフをやれば歌を聴かないで済むという。あんな身動きも取れないほど混雑した場所で音楽に襲《おそ》われるのはあれで最後にしたかった。特大の幻《まぼろし》が天井から降ってきてナズマを押しつぶそうとした。客の上を転がっていった下火を助けに行くという名目であの場を逃れなければ頭がどうかなっていたかもしれない。

「いいよ。アイドルにはマネージャーがつきものだからね」

アーシャは下火に目を向けた。「アコチンも、いいよね」

下火は表情をかえずにうなずく。

彼女がアーシャとアイドルをはじめるというのがナズマはうれしかった。教室での彼女は誰とも話さず、イヤホンをして周囲の会話や物音をシャットアウトしているようだった。孤立した人を見るのはかつての自分を思いださせてつらい。誕生日会の余興《よきょう》ではじめるグループがどれだけつづくかはわからないが、彼女が誰かとつながり、あの地下のライブハウスで見たアイドルたちのような笑顔を見せてくれればいいと思った。

友人たちの輪《わ》の中にもどったとき、ナズマは浮かれ気分で、それを彼らに冷やかされた。からかわれ笑われることは受けいれられていることのあかしであると思い、自尊心をくすぐられてナズマはいっそうにやにやとゆるんだ笑顔を浮かべ、アーシャがパイオツチャイチーであるという秘密の内部情報を友人たちにリークしたりした。

国速の帰ってきた気配があって、ナズマは自室から隣の部屋へ移動した。窓の外が暮れはじめたころだった。

「くぅちゃん、ちょっと話があるんだけど」

国速はベッドに寝転がってスマホをいじっていた。

「何だよ。この世界が二周目だと気づいたって話なら主治医に相談してくれ」

「そんなんじゃないよ」

ナズマはアーシャ妹の誕生日会について話して聞かせた。

国速は顔をしかめ、鼻をすすった。

「俺、プロデューサーとか、そういうのやってねえんだ」

と笑う。

「そこを何とか頼むよ。俺、マネージャーやるからさ。いっしょにやってくれると助かる」

ナズマがいうと、国速はスマホをベッドに放った。何か考え事をしていたが、やがてくすり
「そうやっておまえが頼み事してくるの、これで二回目だな」

彼は体を起こす。ナズマはそのとなりに腰をおろした。

「そうだっけ？」

「一回目はほら、俺が筍《たけのこ》公園で友達とマジモンバトルしてるときにおまえが来て『仲間に入れてくれ』って——」

「あっ、思いだした！」

ナズマは手を打ちあわせた。「そのときくぅちゃん、『仲間に入れてほしかったら合洲川《あいすがわ》公園で赤の透明BB弾十個拾ってこい』っていったよね」

「ん？　そうだったか？」

「そうだよ。あれ全然見つかんなくて、結局緑のやつ二十個で許してもらったんだよ」

「まあ、小学生にとって赤の透明BB弾っつったら宝だからな」

「ホントひどいよなあ。あのとき俺、集めるのに一週間かかったんだ」

「バカだな。俺のいうこと真《ま》に受けてどうすんだよ」

ふたりは顔を見あわせ、ふたり同時に吹きだした。

ナズマは国速との特別なきずなを感じた。たとえ同じクラスの河野たちとこれから高校三年

間ずっと友達でいつづけたとしても、国速の代わりには決してならないだろう。

「仕方ねえな。プロデューサーやってやるよ。あのときのつぐないだ」

「じゃあふたりを呼んでくるよ」

立ちあがるナズマの尻を国速が拳《こぶし》で軽くたたいた。ナズマは殴りかえすふりだけして部屋を出た。

「おっ、来たか」

ナズマのあとからやってきた下火とアーシャを国速はベッドの上に立って見おろした。「おまえたち、俺にプロデュースしてほしくば、〈ル・モン〉のパン・オ・ショコラを入手してこい」

下火が顔をしかめ、アーシャを見た。

「……何の話？」

「パン屋さんだよ。言祝橋《ことほぎばし》交差点のところにあるやつ。私よく世界のために買いだし行ってる」

アーシャは下火のパーカーの裾《すそ》をつまんでひっぱった。「いっしょに行こう、アコチンコ」

「……チンコっていうな」

ふたりが部屋を出ていく。国速がナズマを見てにやりと笑った。

「俺も丸くなったよな」

ナズマは肩をすくめて答えなかった。

言祝橋は春日高校に行く途中の、寮から程近い交差点なので、下火とアーシャはすぐにもどってきた。

「はいどうぞ、先輩」

「どれどれ――」

国速はアーシャから差しだされたパンを手に取り、一口かじった。「ムオッ……このサクサクとした香ばしい生地《きじ》、中に入ったチョコの濃厚なゴリゴリ感……合格だァーッ！」

国速が叫ぶと、口から粉々になったパンの生地が飛びちった。それが下火のパーカーにかかり、彼女は露骨《ろこつ》に嫌そうな顔をした。

「よし、おまえたちには俺が足で稼《かせ》いだ『沖津《おきつ》区おいしいパン情報』をあまさず授けよう」

「いやいや……そうじゃなくて、プロデュースしてください！」

「ああ、そっちか。じゃあ、おまえらに『ワールドフェイマス』のオケのデータやるよ。いまから音楽室行って軽く合わせてみようか。腹ごしらえも済んだしな」

「え〜、いまからですかあ？」

アーシャの声は狭い部屋に響いた。

「おまえ世界ファンなんだから歌詞も振付《ふりつけ》もおぼえてるだろ？」

「歌詞はわかりますけど、振付はちょっと……」

アーシャが下火の方を向く。「アコチンはどう？」

「……私はMuTube《ミューチューブ》で何回か見たから全部頭入ってる」

下火は表情をかえずにいう。彼女がずいぶんとやる気らしいのでナズマはすこし意外に思った。

「今日のところはおまえらがどれだけできるか見せてもらうだけだ。ほら、行くぞ」

そういって部屋から出ていこうとする国速をナズマは呼びとめた。

「くぅちゃん、あのさ……このこと一応ユリカさんにいっておいた方がいいんじゃないかな」

「ん？　どうしてだ」

「だって、この寮でアイドルやるってことは、世界の後輩になるわけだし、それに世界の曲を歌うんでしょ？　話をとおしておいた方がいいよ」

「なるほどな。さすがマネージャー」

さっそく国速は百合香にＬＹＮＥでメッセージを送った。

ナズマが百合香に話しておきたい本当のことは、自分が下火とアーシャのマネージャーに就任したということだった。これで世界のパシリという立場から脱却できる。

百合香はダブルクイックの天涯《てんがい》姉妹を引きつれて階段をおりてきた。

「ブルンブルンブルルンばるるるるるるる！」

奇声を発し、バイクのハンドルを握るようなかっこうをしながら走ってくる。先頭の百合香はノリノリだが、うしろの双子はすこし恥《は》ずかしそうにしていた。

「何やってんですか。暴走族ごっこですか」

廊下で出迎えた国速に、

「バッキャローッ！　劇団一角獣《いっかくじゅう》の『運命』ごっこに決まっとろうがい！」

百合香は強烈なローキックをお見舞いした。

「痛《い》ってェーッ！」

「テメエ全日本演劇コンクール全国大会第二位の劇団一角獣知らねえとかマジかよ！　それでも演劇人か！　おケイさんの一人四役最高じゃったろがい！」

「いや俺、演劇人でも何でもないんで」

蹴《け》られた足をさする国速の横で下火が、

「劇団つきかげが失格になったアレか……」

とつぶやいた。

ナズマは百合香の前に進みでた。

「先輩、実はお願いしたいことがありまして——」

下火とアーシャを手招きしてとなりに立たせる。「このふたりがアイドルグループを結成することになったんですが、先輩たちの曲を歌うこと、お許しいただけないでしょうか」

「お願いします！」

アーシャがいきおいよくお辞儀《じぎ》する。下火もひょこっと頭をさげた。

「ふーん、なるほどねえ……」

百合香は天涯姉妹と目を見交わしていたが、やがてアーシャの前に立った。アーシャは緊張に身を強張《こわば》らせる。

「えらい！　よくいった！」

百合香はアーシャの肩をつかみ、引きよせて頰《ほお》に口づけた。あこがれのアイドルにキスされて、アーシャの顔は一瞬で真っ赤になった。つづけて下火もキスされ、照《て》れくさいのか嫌がっているのか、顔をしかめた。

「あたらしくアイドルをはじめようって子たちが出てきてくれるのはうれしいね。こういう子たちがいれば沖津区のアイドルシーンはまだまだ盛りあがっていくと思う」

百合香はナズマと向かいあった。ナズマは胸が高鳴るのを感じた。いままでにない距離まで百合香が迫っていたし、下火とアーシャがされたことを見ていたからでもあった。

「ナズマ、あんたがやろうっていったの？」

そういって百合香がナズマの肩に手を置く。

「いや、あの……僕はただのマネージャーで……」

こういうときは目をつぶるべきなのだろうかと考えていると、見えない角度からフルスイングのビンタが飛んできてナズマの頰に炸裂《さくれつ》した。

「痛ってエーッ！」

「何期待してんだバッキャロー！　キサマごときがキッスの世界にインしようなんざ十年早いんじゃャイ！」

痛みにうずくまるナズマの頭上で双子《ふたご》の笑い声が響いた。

「通過儀礼《イニシエーション》も済んだことだし、そろそろ音楽室に移動すっか」

国速が下駄箱《げたばこ》に靴を取りに行く。その背中にナズマは呼びかけた。

「くぅちゃん、俺は行かないから」

「ん？　なんでだ」

「俺、音楽のことわかんないから行っても役に立たないし」

「私も他人に歌を聴かれたくないから、来なくていいよ」

アーシャが嫌味をにじませた口調でいう。「クニハヤ先輩はいいけど」

何をいわれようと、おかしなやつだと思われようと、ナズマは我慢《がまん》するしかなかった。あの幻を見る不快感とくらべればたいしたことではない。

「おーし、んじゃウチらのためにはたらいてもらおうか」

うしろから肩をつかまれた。ふりかえると、百合香がにやにや笑っている。

「おーい双子たち、〈ル・モン〉おごるぞー」

「マジッスか？　やったー。私、クロワッサン・オ・ザモンド」

「私もー」

「私はいつものクランベリー・ノワにしとこう」

ここでようやくナズマは何の話か理解した。

「まさか僕が買いに行くんですか？」

「当たり前だろ。マネージャーはアイドルの奴隷《どれい》なんだよ。①あんたはあのふたりの奴隷　②あのふたりは私の妹分　③あんたは私の奴隷――どうだ、このみごとな三段論法」

「リンカーンってLYNEやってますかね。俺ちょっと連絡取りたいんですけど」

結局ナズマは下火たちより先に寮を出ることになってしまった。「お先に」と声をかけ走りだすと、背後で笑われる。寮から遠ざかり、さびしくなった。下火を国速に取られたようでも、国速を下火に奪われたようでもあると感じた。ふたりともついこのあいだまで身近でなかったのに、いまでは離れがたくなっていると思いナズマは、またあたらしい顔を見せはじめた街をうつむき加減にかけぬけた。


夕食の間際《まぎわ》になってようやく国速たちは帰ってきた。三人とも制服のまま食堂のテーブルにつく。

「リハーサルどうだった?」

ナズマはとなりに座る国速にたずねた。

「アーシャはまあふつうだが……アコがあれだけ歌えるとは思わなかった」

国速はそういって千切《せんぎ》りキャベツを生姜焼《しょうがや》きのたれに浸《ひた》して食った。

「そんなにうまいの?」

「あれは磨《みが》けばモノになるかもしれん」

「世界みたいになれるってこと?」

「それはまあ……どうかな」

その下火は遠くの席でアーシャと並んで食事していた。アーシャが一方的に話しかけ、下火はうなずいたり、顔をしかめたりするだけだ。

ナズマには歌がうまいということがどういった状態を指すのかわからない。宙に浮かぶ幻に気を取られて、その背後で流れる音楽については注意して聴いたことがなかった。国速のいうように下火の歌がうまいのなら——彼女の口から、喉《のど》から、体の奥から発せられるものがうつくしいといえるのなら、それを理解できないのはとても悲しいことだとナズマは思った。

食事が終わり、食堂を出ていこうとする下火とアーシャに国速が声をかけた。

「おーい、ミーティングやるからおまえら俺の部屋に集合」

国速の部屋はあいかわらず散らかっていて足の踏み場もない。下火とアーシャはベッドに座り、ナズマは本とCDの山をどかして床に腰をおろした。

椅子《いす》に腰かけた国速はノートパソコンを開く。

「さて、グループが結成されたわけだが、まだ大事なものが欠けている」

「大事なものって?」

「それはな、グループ名だ。グループ名のないアイドルなど『好き』ってちゃんといってもらってないのにズルズルつきあっちゃっててどうなるんだろうアタシたち、みたいな感じで気持ちが悪い」

「なんで女子寄りの発想なの?」

国速はキーボードをたたいた。

「おまえら、どんどんアイデア出せ」

「えー、いきなり出せっていわれても……」

アーシャがベッドの上で膝《ひざ》を抱《かか》えた。それがちょうどナズマの目の前だった。高さもちょうどいい。紺色《こんいろ》のソックスを履《は》いたかかとの向こうに白い布が見え隠れして、ナズマはあわてて目をそらした。

「あ、あのさ……『アコ＆アーシャ』ってのはどうかな」

「うーん……もともと知名度がある二人ならともかく、ド新人じゃ『誰だよコイツら』で終わってしまう可能性がある」

そういいながらも国速はキーボードをたたいてその案を入力した。

「じゃあ『カレー＆ライス』は？」

アーシャがいう。

「ちがうな」

国速はキーボードをたたいた。

「……『チョコ＆ベビー』」

下火がつぶやく。

「ちがうな」

国速がキーボードをたたく。

「じゃあ『カレー＆うどん』は？」

「ちがうな」

「……『エム&エムズ』」

「ちがうな」

「意表を突いて『カレー&そば』は？」

「ただのカレー南蛮《なんばん》だな」

「……『キット&カット』」

「うん、いっぺん食べ物から離れようか」

　国速はキーボードから手を離した。

　ナズマはアーシャの方を横目に見た。彼女は足首のあたりで脚《あし》を交叉《こうさ》させていて、純白のパンツがまるでナズマに向けられたもののように公開されていた。彼女が体を揺するたび、張りつめた布地にうっすら斜《なな》めのしわが走った。

「あ、あのさ……世界の曲やるんだし、世界の妹分ってことも認めてもらったわけだから、ナントカ世界みたいな名前はどうかな」

「『あたらしい世界』とか？」

「……『第二の世界』」

「第二の……第二……ふたりの世界！」

　自分の思いつきとアーシャのパンツに興奮してナズマは声をうわずらせた。「ふたりでやるから、『ふたりの世界』っていうのはどう？」

「ああ……いいかもしれん」

国速がうなずく。「百合《ゆり》っぽい雰囲気があっていい。アイドルどうしがそんな空気をにおわすと、観《み》てる側としては何となくドキドキするものだからな」

「『ふたりの世界』だって、アコチン」

「……うん」

下火は無表情のままうなずいた。

アーシャがお尻を浮かせたので、ナズマにはふだんならスカートに隠されている大きな丸みの奥深いところまでのぞけた。

「よし、これでグループ名は決まった。あともうひとつ、足りないものがある」

国速が椅子を回転させてふりかえった。「それはオリジナル曲だ！」

「オリジナル曲？」

「そうだ。オリジナル曲を演《や》らないアイドルなど、最近会うとセックスばかりでデートもしていないアタシたちの関係って一体何？　ってな感じで物足りなく思えてしまう」

「だからなんで女子目線なの？」

「でも先輩、私たち曲とか作ったことないんですけど」

アーシャが唇《くちびる》を尖《とが》らせる。

国速は鼻をすすった。

「俺の曲をやるよ」

「えっ、いいの、くぅちゃん？」

「どうせ捨てるつもりだったやつだしな」

国速は椅子を回転させ、机に向きなおった。「ところで、その曲はまだタイトルがないんだが、おまえらで景気のいいやつを考えてくれ」

「景気のいいやつ？　『カレー大盛り』！」

「……『ゴディバ』」

ふたりがいい、体が揺れると、ベッドがわずかにきしんだ。ナズマの気を引くその布は、掛《かけ》布団《ぶとん》カバーと接しているが質感はまるでちがった。すべすべした感じで、触ると冷たそうだ。男とちがってその部分には何もないとナズマは思っていたのだが、よく見るとアーシャのそこはわずかにふくれていた。布地が薄いのでその下にあるもののかたちがありありとわかる。

ちょっとだけちょっとだけと思いつつナズマはいつの間にかじっくり見てしまっている自分に気づいた。こんなことでは彼女にバレてしまうと思い、CDと本の山に視線を落とす。その一番上にあるCDのジャケットに書かれた文字がナズマの目を引いた。

「『グレイテスト・ヒッツ』……これ、どうかな。景気よさそうだよ」

「グレイテスト・ヒッツってベスト盤ってことでしょ？　曲のタイトルとしてはおかしくない？」

アーシャが足をそろえて伸ばすのでナズマは蹴られそうになった。

「いや、悪くないかもしれん」

国速がキーボードをたたいた。「一曲しかねえのに『グレイテスト・ヒッツ』――うん、ハッタリが効《き》いてていいな。よし、それで行こう」

即座に歌詞がプリントアウトされ、曲がCD―Rにコピーされた。国速はそれを下火とアーシャに手渡す。

「ボカロの仮歌入れてあるから、なるべく早くおぼえろよ」

ふたりがそれぞれの部屋にもどっていったあとで、国速は依然パソコンに向かっていた。ナズマの目にはその幼馴染みの背中がいつも以上に大きく映った。

ボカロでも漫画でもグラビアでも、それらの作者は受けとる側のナズマとは切りはなされた世界に住んでいて、ナズマの知らない、魔法みたいな方法でそれらを生みだしている。そんな魔法使いの一人がいま目の前にいるのだ。五年前の彼はナズマと同じ、カードゲームが好きな普通の小学生だった。何が彼と自分を分けたのだろうか――それがわからないから魔法なのだとナズマは思った。

「ナズマ――」

国速がパソコンの画面から目を離さずにいう。

「何？」

「ひとつきくが、アーシャのパンツは何色だった？」

「は？」

ナズマは全身から汗《あせ》が吹きだすのを感じた。「……な、何の話？」

「とぼけんなよ。ずっと見てたじゃねえか。いいから、何色だったかいえよ」

「いや、ちょっと待ってよ……。白だったけどさあ、気づいてたんならいってよ」

「何ていえばいいんだよ。『さっきからパンツ見てっけど、どんな柄？』ってきけばよかったのか？」

「いや、そうじゃないけど……。柄は無地だったけどさあ、さりげなく『バレてるぞ』って知らせてくれてもよかったんじゃないの？」

「あんだけガン見してたら俺がさりげなく教えたって気づかねえだろ」

国速が笑いながら椅子を回転させた。「ナズマおまえ、いいマネージャーになりたいか？」

「え？　ああ、うん……」

「それなら秘訣《ひけつ》を教えてやる——とにかく褒めろ！」

「褒《ほ》める？」

「そうだ。褒めるのはいいぞ。褒められる側に力を与える。自分を信じることができるようになるんだ。俺も毎日自分に対してやっている」

「それはただ自分に甘いだけでは？」

「アイドルってのは歌も踊りも本職の人間から見ればカスみたいなもんだし、顔だってモデルや女優とくらべたらけっこうアレだ。もしそこのところをアイドル本人が深く考察しだしたら自信をうしなってヘコんでしまう。だからつねにまわりのやつらで支えてやる必要があるんだ。マネージャーの仕事っていうのはそういうものなんじゃないかと俺は思う」

「うん。わかったよ」

「パンツもただ見るんじゃなく褒めてやれ。いいパンツ穿《は》いてるときは黙って脱がされるよりも『それかわいいね』っていってもらった方がうれしいものだからな」

「だからなんでさっきから立場が女子なの？」

ナズマは彼女たちに優しくしてやりたいと思った。彼女たちは素人《しろうと》だ。アーシャの妹のために、という動機はうつくしいが、たくさんの人を熱狂させるＬＥＤや世界とくらべれば無力な存在でしかない。そんな彼女たちを寮内での立場をよくするための道具みたいに使っていることへの罪悪感があった。

カーテンが大きく舞いあがった。開いた窓から宵《よい》の風が吹きこみ、女子たちが部屋に残していった甘い香りをかきけした。


国速のいうようにナズマはふたりの世界の面々を褒めようとしたが、果たせなかった。

彼女たちに褒めるところがないわけではない。アーシャは校内一といってもいいくらいの美人だし、下火も、気づいているのはナズマだけかもしれないが、とてもかわいい顔をしている。

だがそれをいってしまうと、愛の告白みたいになってしまう。彼女たちの側に変化やアクションがあってそれをナズマが褒めるというのが理想だった。

水曜日、ナズマはまた友人たちと漫画雑誌を読んでいた。「アーシャに告《コク》られた」疑惑のほとぼりがようやく冷めようとしていた。

「ナズマ、ちょっといい？」

背後から声をかけられナズマがふりかえると、アーシャが立っていた。

彼女は髪を高い位置で結《ゆ》ったツインテールにしていた。昨夜彼女は沖津駅前にある家に帰ったため、寮にいなかった。それだけでナズマは彼女とずいぶん長いこと会わなかったように感じられた。

「や、やあ……。何か用？」

「はい、これ。ナズマに」

アーシャが小さな封筒を差しだした。ナズマなら買うどころか、それを売っている店に入るのすらためらわれそうな、かわいらしい封筒だった。

ナズマは友人たちの冷ややかな視線が背中に突きささるのを感じながらそれを受けとった。

「えっと……これは……？」

「開けてみて」

「えっ、ここで？」

「うん、ここで」

背中に感じる視線が冷たいのをとおりこして熱を帯びてきた。いまどきラブレターで告白なんて古風な話だが、そんなアナログなメディアによって炎上するなんてこともありうるのだなあとナズマは他人事《ひとごと》のように現状を分析した。

体で隠すようにして封筒を開け、便箋《びんせん》をひっぱりだす。開いてみると、子供らしい伸びやかな、だが均整《きんせい》の取れた字で、誕生日会に招待する旨《むね》書かれてあった。最後の署名《しょめい》には「マリシタン泉子《いずみこ》」とある。

「これ、妹さん？」

「うん。私は別に必要ないっていったんだけど、どうしても招待状書きたいっていうから」

ナズマは小学校時代、女子の誕生日会に呼ばれるなんて一度も経験したことがなかった。それがいまこうしてアーシャの妹から招待状をもらうまでになった。ナズマは当時のつらい思いが長い時間を経て埋めあわされたと感じた。

「ありがとう。絶対に行くって伝えといて」

ナズマは封筒をブレザーの内ポケットにしまった。

「ねえ、アコチンは？」

アーシャが一年B組の教室を見わたす。

「尾張は……いないな。トイレかも」

すこしして、下火がパン屋のレジ袋を手にもどってきた。

「アコチ～ン、こっちこっち」

手招きするアーシャに、下火はいぶかしげな目を向けた。教室の中央までやってきてアーシャの髪を指す。

「……髪型」

「うん。時間あったからアレンジしてみた。いいでしょ」

「……いいね」

「ありがと」

なるほどこうやって褒めればいいのかとナズマは感心して見ていた。出会い頭《がしら》にいうべきだったのに、出遅れてしまった。

「あの……俺もいいと思う、その髪型」

ナズマがいうと、

「は？　どうしたの？」

アーシャは冷たい表情になる。

「いや、どうしたのって……かわいいなあと思っただけだよ」

「わけわかんない。ナズマに見せるためにやってるわけじゃないし」

いいながらアーシャは耳まで真っ赤になり、手にした招待状でぱたぱたと顔をあおいだ。意外な反応に、ナズマの方も照れくさくなった。アーシャのことだから「かわいいのは私が一番よく知ってるよ」くらいのことをいいかえしてくるものと予想していたのだが、意外にも素直に受けとられてしまって、かえって困る。

気まずくなって黙りこむふたりに下火がパンをかじりながら冷ややかな視線を浴びせた。下火の食べているのは、このあいだ国速が買ってこさせたのと同じパンだった。

「あ、そうだそうだ。アコチンにこれ渡しに来たんだった」

アーシャは団扇《うちわ》がわりに使ってすっかりくせのついた封筒を差しだした。

「……ん」

下火はそれを受けとると、パンを袋にもどして手近な机に置き、中を開いて読みはじめた。

「うちの妹とアコチンって仲よくなれそうな気がする。物静かなところが似てるから」

下火はアーシャのことばにあいづちも打たず、招待状を読んでいた。その表情があまりに真剣なのでナズマは、自分のものと内容がちがうのだろうかと考えた。

やがて彼女はパーカーの袖《そで》を目に押しあて、肩を震わせはじめた。

「アコチン……どうしたの？」

「うん、ちょっと……うれしくて」

下火は顔を隠したまま鼻をすすった。

アーシャもすこし目をうるませていた。

「アコチン……妹はこの手紙、一生懸命書いたんだ。だからそんなふうにいってくれて、きっと喜ぶと思う」

ナズマは下火のこういうところを褒めたいと思った。彼女はいつも無口で無愛想《ぶあいそう》で無表情だが、その奥に秘めた感じやすい魂《たましい》がことばの端々に顔をのぞかせる。ナズマは彼女のそういうところが好きだった。

「俺も尾張の気持ち、わかるよ」

ナズマはブレザー越しに内ポケットの招待状に触れた。「俺、ずっと友達いなかったから、誕生会とか呼んでもらったことなくて。だからこんな気持ちのこもった招待状もらうのとかはじめてで、ホントうれしい」

下火は目に当てていた袖を離し、ふうっと一息つくと、ナズマの方を向いた。

「……そういうことではない」

「え？」

「……私は友達に不自由したことないし」

「いや、ウソつけ」

教室での下火はいつも女子グループから離れてひとりイヤホンで音楽を聴いていた。校内でアーシャ以外の人と話すのをナズマは見たことがない。

「尾張さん、ちょっと――」

三人組の女子が恐る恐るといった感じで下火に声をかけてきた。「ちょっとこれ、どけてもらっていいかな」

「あ、うん」

下火は机の上の紙袋を手に取った。女子たちはその机を動かしてとなりのとくっつけ、そこにノートをひろげた。

ナズマは低い声で下火にいった。

「いまさんづけされてたよね？　同級生に全然なじんでないじゃん」

下火は表情をかえない。

「……あれはリスペクトのあらわれ」

「いや、ちがうだろ」

彼女はいつもと同じ、楽だからみじかくしているというふうな髪型で、いつもと同じだぶだぶのパーカーを着ている。そこはもう褒めようがない。だが彼女には、深い海の底にひっそり棲《す》んでいる生き物のようにときおり顔を出す新鮮でうつくしいものがあって、そこをナズマは褒めたいのだが、どうしてもうまくことばでその尻尾《しっぽ》をつかまえておくことができないのだった。

誕生日会は土曜日の昼からで、アーシャの家に行くため沖津駅南口に集合することとなっていた。

ナズマは国速とともにライブ用の機材をハンドキャリーに積み、カラカラ引いてバス停に向かった。これらはすべて世界から借りたものだ。歩道は狭くて、自転車とすれちがうときには機材に接触させないよう気を遣《つか》った。

「世界ってやっぱすごいんだね。自分たちでこんなに機材持ってるなんてさ」

「たくさんライブやってるからなあ」

「もうかってんだ」

「もうかってはいないだろうな。いまでもツアーに出たらファンとか共演者の家に泊めてもらってるくらいだし」

ハンドキャリーの車輪が大きな音を立てて恥ずかしく、バス停までの距離が長く感じられた。バスに乗ってしまえば沖津駅まではすぐだ。南口ロータリーは終点に着いてほっと一息つくバスの排気音と高架を渡る電車の音で騒がしい。

あたたかい日だった。お呼ばれということでナズマはきれいめのシャツを着てその上にカーディガンを羽織《はお》っていたが、汗ばんできたので袖をまくった。

待ちあわせ場所にあらわれたアーシャは花柄のワンピースにデニムシャツを羽織り、緑のすくない街に春を運んできたかのようだった。ヒールの高いサンダルを履いて、制服を着ているときよりもいっそう背が高い。

「アーシャっておしゃれだよね」

ナズマはアーシャを褒めた。

アーシャはぷいっとそっぽを向く。

「別におしゃれじゃないよ！」

「おしゃれじゃなくても褒めるよな一応」

国速がナズマに向かっていう。「すくなくとも俺はそうする。彼女が待ちあわせに来たらどんなことでも褒めるね。その方が機嫌よくなって一日楽しくすごせるからな」

「彼女じゃないです！」

アーシャはなぜか不機嫌になって国速の背中をたたいた。その拍子《ひょうし》にハンドキャリーがたおれそうになり、ナズマはあわててハンドルをつかんだ。

「それよりアコチンは？」

「まだ。けっこう早くに出てったんだけどね」

下火は朝からアーシャ妹へのプレゼントを買いに行っていた。

「どこに行ったの？」

「わかんない。電車乗ってどっか行くとしか聞いてない」

改札をとおってやってきた下火はいつものパーカーにデニムという服装で、リュックサックを背負っていた。ライブで着る制服が入っているのだろう。手には小さな紙袋を提《さ》げている。

「あー、アコチン髪切った？」

アーシャがかけより、下火の手を取る。ヒールのアーシャに対して下火はスニーカーなので、いつもの身長差がより大きくなっていた。

「あ、うん」

下火がうなずく。

「すごいかわいいね。アコチンってどこで切ってるの？」

「……代言山《だいごんやま》」

「えー、おしゃれタウンだ」

「……ずっと行ってるとこだから」

下火は前髪を指でいじった。アーシャは「かわいい」というが、ナズマにはどこがどうかわったのかわからなかった。

四人そろったのでアーシャの家へ向けて出発した。

沖津通りから一本入ると、そこも小さな商店街になっている。車道と歩道が分かれておらず、車が来ると四人は縦《たて》一列になって歩かなければならなかった。

「アーシャはよく寮に入るの許してもらえたな」

ナズマは先頭を行くアーシャに話しかけた。「家がこのへんなら自転車で学校来れるだろ」

「私、自転車乗れないもん」

「じゃあバスは？」

「それいわれたから私、『あのバスの乗客、八割が痴漢《ちかん》らしいよ』ってパパにいったんだ。そしたら寮に入ってもいいって」

「残りの二割は何考えて乗ってんの、それ」

脇道《わきみち》に入ると街の雰囲気がかわった。家屋のひとつひとつが大きい。

その中でひときわ大きいのがアーシャの家だった。

「ウソだろ……ここ住んでんの？」

「何だこれ、寺か？　寺生まれってスゴイ」

ナズマと国速は日を受けて黒光りする瓦《かわら》屋根を見あげた。長いひさしの落とす影で外壁も黒く見える。この大きな建物の全景を視界に収めるには全力を出した扇風機ばりに首を振らなければならなかった。四方はのっぺりとしたコンクリートの塀《へい》に囲まれている。正門の扉は救急車・放水車・はしご車が中から横一線で緊急出動できそうなほど大きい。金属の箱で防護された監視カメラが三台、油断なく道路を見張っていた。

「どうぞ、入って入って」

アーシャが通用門を押しあけた。

中に入ると芝生《しばふ》の庭がひろがっていた。正門から石畳《いしだたみ》の道が家の玄関までつづいていて、そこに大きなセダンが停《と》めてあった。

「これがドライブウェイってやつか。実物ははじめて見た」

国速が立ちどまってあたりを眺《なが》めわたした。

遠くの方に松の木と大きな石が見える。日本庭園になっているようだ。

「あ……犬いるの？」

下火が爪先《つまさき》立ちになって庭園の方を望見した。

レトリーバーとコーギーのコンビが植えこみを突きやぶるようないきおいで飛びだしてきた。

二頭が足並みそろえてこちらにかけてくるのをナズマと国速はハンドキャリーに寄りかかって眺める。

「おー、走ってる走ってる」

「かわいいなあ。俺、猫派だけど犬も好き」

やがて犬たちがトップスピードを維持《いじ》したままつっこんできた。ブレーキをかける気配もないので、ナズマと国速はあわてて身をかわした。

「うわあっ！」

「怖《こ》えエーッ！　全力疾走の犬超怖えエーッ！」

犬たちはアーシャのまわりを一周すると、下火にじゃれついた。飛びかかられて小さな下火は芝生の上に尻餅《しりもち》をついた。

「シムハ！　マユラ！　ダメでしょ！」

アーシャが割って入る。

「さてと――」

下火はクラッチバッグでも持つようにコーギーを小脇《こわき》に抱えて立ちあがった。「もらうものはもらったし、そろそろ帰ろうかな」

「ダメダメ、うちの子盗《と》らないで」

アーシャもコーギーをつかんでひっぱる。コーギーが鳴き、大岡《おおおか》裁きのように下火が手を離すと、犬の体重が一気にかかってアーシャは尻餅をついた。コーギーはアーシャの手から逃れ、レトリーバーといっしょになってまたかけまわった。

アーシャの家は表向き伝統的な日本家屋だったが、玄関ホールに入ると明るいモダンな造《つく》りになっていた。部屋の出入口は障子《しょうじ》などではなくドアになっている。正面にお転婆《てんば》娘が手すりを滑りおりてきそうな長い階段があった。

「天井高《たか》っけえなあ……」

国速が上を向いた。「ちょっとしたキリンくらいなら飼えそうだな」

「ただいまー」

アーシャが呼ばわると長い廊下の向こうから二人の女性と一人の少女がやってきた。エプロンを着けた女性はアーシャをよりエキゾチックにしたような彫《ほ》りの深い美人だった。

もう一人の女性は真っ白な髪をきれいにまとめていて、いかにも日本のおばあさんという感じだ。

女の子はひらひらのついたワンピースを着ていて、今日の主役であることが明らかだった。

「こちらがママとお祖母《ばあ》ちゃんと、妹のマリちゃん」

アーシャが客人に家族を紹介した。

アーシャの妹は小学五年生だという話だったが、姉と同じく高身長で、ずいぶんと大人びて見える。それだけに、人見知りして母のうしろに隠れようとするその仕草《しぐさ》が子供っぽく映った。

「マリちゃん、ご挨拶《あいさつ》は？」

姉にうながされ、マリは小さなノートを取りだし、そこに書きつけたものをナズマたちに見せた。

――はじめまして。

「おう、よろしくな」

国速はスマホに向かっていい、音声入力された文字をマリに示した。彼女は母親の陰《かげ》でくすっと笑った。

「……招待状、ありがと」

下火が小さな声でいうと、マリはわずかにうなずいてみせた。

ナズマは極度の人見知りなのか筆談をするアーシャの妹をすこし不気味に思ってしまったことを恥じた。国速も下火も自然なやり方で彼女と意思疎通《そつう》を図った。ナズマとくらべてずっと大人だった。他人からおかしなやつだと思われることを恐れているくせに、自分は他人のことをおかしなやつだと決めつける。ナズマは自分の身勝手さを思いしらされた。

「うわ、ここも広いな」

居間にとおされた国速が室内を見渡し、ため息をついた。「よしナズマ、相撲取《すもう》ろうぜ」

「はしゃぎ方が昭和《しょうわ》」

大開口の窓から庭が望める。姿のいい大きな石に護《まも》られた池が南中《なんちゅう》の日を照りかえしてまぶしい。先ほどの犬たちが一番高い石の上によじのぼり、周囲を見おろす。

大きなダイニングテーブルにご馳走《ちそう》が並べられていて、機材の準備で朝から何も食べていないナズマはついついそちらに足が向いてしまった。

「ねえ、おなか空《す》いた。もう食べていいでしょ？」

アーシャが母の返事も待たず、食卓につく。国速と下火もそれにつづいた。

ナズマはふと居間を見まわし、違和感をおぼえて足を止めた。

「あの……俺たちだけ……なのかな？　他は誰もいないの？」

「学校の友達とかには招待状出してないのか」

マリのとなりに座った国速がたずねる。マリはノートを開いた。

——出した。

「何人に出したんだ？」

国速の問いに、マリはVサインを作る。

「二人か」

マリは首を横に振る。

「……ひ、ひょっとして二十人……かな？」

マリはうなずいた。

居間が重苦しい空気に包まれた。

「……ま、まあ気にするな。友達なんていなくたってだいじょうぶだ」

そういって国速は下火の背中をたたいた。「このお姉ちゃんだって学校でゲロブスゴリライモって呼ばれて嫌われてるが、どっこい生きてるぜ」

「……くだらんウソ吹きこむな」

下火が国速をにらみつけた。

「よし、こういう日はたくさん食ってたくさん飲もう！」

国速はマリの肩を抱いた。「お母さん、この子に強いお酒をください」

「ダメだよ！　マリちゃんはお酒飲んじゃダメ！」

アーシャが立ちあがり、抗議する。

「いいや、この子には飲む権利があるよ。あ、僕には血液をサラサラにする効果があるという麦茶をください」

乾杯《かんぱい》をして食事となった。国速がちらし寿司《ずし》を取り皿に山と盛る。

「スンゲー、このイクラの量！　多いとかじゃなく、もはや厚い！　関東イクラ層！」

イクラ丼状態になったそれをズルズルとすすりこむ。「ウンメー！　野生のヒグマが嫉妬《しっと》するレベル！」

「あ、ホントだ……うまい」

ナズマは具だくさんの海鮮ちらしをかきこんだ。

「おおっ、このチキンもウメエッ！　めっちゃスパイシーだし、皮パリッパリだ！」

アーシャの母が生《なま》春巻きの皿をテーブルに置く。

「まだまだありますから、たくさん食べてくださいね」

「いやホントありがたいッス。俺ら毎日ろくなもん食ってないんで」

「……伯母《おば》ちゃんディスってんのか？」

ナズマのとなりで下火がつぶやいた。

向かいに座るアーシャの祖母がナズマに視線を注いでいた。

「寮の生活は楽しい？」

たずねられてナズマは食べていたカレー味のポテトを呑《の》みこんだ。

「は、はい、楽しいです。でも掃除とか洗濯とか自分でやんなきゃいけないんで、それは大変です。いままでは親にやってもらってましたから」

「そう……」

アーシャの祖母はほほえみながらうなずき、孫に目を向けた。「アーちゃんもせっかく寮に入ったんだから、そういうのをちゃんとできるようになるといいわねえ」

「お祖母ちゃん、私ちゃんとやってるよ！」

アーシャは串のついた肉を頬張《ほおば》っていた。

「……いや、やってない」

下火がすまし汁《じる》をすすって一息ついた。「この前、部屋に汚れ物が山積みになってた」

「ちょっとアコチン、あれはちがうって」

「……あと、使いおわったコットンが床の上に山積みだった」

「アコチン、そういうことというならもう部屋に入れてあげないからね」

「アーちゃん――」

アーシャの母が厳しい顔で娘にいう。「だらしない生活してるならパパにいって寮生活の許可を取りけしてもらいますからね」

「ママ～、だからちがうんだって～」

アーシャは鶏肉《とりにく》の脂《あぶら》でギラギラ光る頬をふくらませた。

国速はとなりのマリに何やら熱く語っている。

「あのな、ユリカさんが悪魔と契約してあの舞台度胸《どきょう》を手に入れたって話はガセだぞ。ただ、伝説のグループ・余命半年《よめいはんとし》のオーディションを受けたときガチガチに緊張して何も歌えなかったってのは本当だ。その後ユリカさんは自分のグループ作って近所の廃屋《はいおく》で一日八時間練習したんだ。あまりに練習キツいんでメンバーが次々に脱退したらしい。初期の世界のラインナップが安定しなかったのはそれが原因だといわれている」

マリはノートにメモを取りながら聞いている。

ナズマはこの家庭的なあたたかい雰囲気を懐《なつ》かしいと思った。こんな広いダイニングはなかったし、三世代同居でもなかったが、つい最近まで彼もこうした中にいたのだった。海外に行ってしまった両親とふたたび食卓を囲むのは遠い先のことになる。高校生にもなって恥ずかしかったが、ナズマは父と母に会いたくてたまらなくなった。

アーシャの母が蠟燭《ろうそく》を立てたケーキを運んできて、手拍子《てびょうし》がはじまった。ナズマははっと息を呑んだ。

ハッピーバースデートゥーユーの合唱に、ナズマはうつむいた。目をそらしていても幻はテーブルから転げおち、ナズマの太腿《ふともも》の上で跳《は》ねた。その中にひとつ、キラキラとかがやくものがあった。はじめて見る種類の幻だった。光る結晶のようなものがケーキの方へただよっていく。マリがふっと蠟燭の火を吹きけすと、舞いあがって見えなくなった。ナズマは拍手《はくしゅ》をするのも忘れてその行方《ゆくえ》を目で追った。

「よし、プレゼントの時間だ」

国速の合図で椅子の下に隠してあったマリへのプレゼントを取りだした。

「じゃあ、まず俺から」

ナズマは立ちあがり、プレゼントの袋をマリに手渡した。マリは乱暴に袋を開ける。

「ノートなんだけど、どういうのがいいのか、よくわかんなくてさ」

――今日、私はお兄さんからノートをもらった。私はノートをたくさん使うのでとてもうれしかった。

マリは自分のノートにそう書いてナズマに示した。悩んで悩んで、最終的には神様のいうとおりで決めた贈り物をとりあえず使ってはもらえそうだと思い、ナズマはほっとした。

「……はい、どうぞ」

下火は駅から手に提げてきた紙袋を差しだした。受けとり、その中を見たマリは目をかがやかせた。

「……私の大好きなチョコ。すごくおいしいよ」

——今日、私はお姉さんからチョコをもらった。私は甘いものが大好きなのでとてもうれしかった。

下火もふうっとため息をついた。ナズマと同様、小学五年生へのプレゼントに相当頭を悩ませたようだ。

「俺のはかなりヤバイぞ」

国速は四角い封筒をテーブルの上に置いた。その中をのぞいたマリは跳《と》びあがって母親のもとへかけていき、腰に抱きつくと、テーブルを半周して姉にも抱きついた。

「世界のデモ音源をCDにして、メンバーにサインしてもらったんだ」

——今日、私はお兄さんからすごいものをもらった。世界のサインが入ったCDだ。私は世界の大ファンなのでとてもとてもうれしい。私はお兄さんが大好きになった。

興奮からか、マリの字はやや乱れていた。

「でもねえ、マリちゃんへのプレゼントはこれだけじゃないんだよ」

アーシャが下火に目くばせする。「そろそろ準備しよっか、アコチニウス」

「……ギリシャ化するな」

下火は立ちあがった。

「アーちゃん、何なの、これだけじゃないって」

母の問いにアーシャは、

「サプライズサプライズ」

と答え、弾《はず》むような足取りで部屋を出ていってしまう。

サプライズといってしまったらサプライズの意味がないのではないかと思いつつもナズマは彼女のあとを追った。サプライズということで玄関の外に置いてあった機材を四人がかりでリビングに運びこむ。

このあたりで何か感じとったのか、マリが走って出ていき、もどってくると胸に「世界」と書かれたTシャツを着ている。

ナズマはライブを撮影しろといわれて渡されたカメラを持ってソファに座った。そのとなりにマリが腰をおろす。

「マリちゃんはアイドル好きなのかな？」

ナズマがたずねると、マリはノートを開き、返答を文章にする。

――私はアイドルがとても好き。

「そっかあ。ＬＥＤとかも好きなのかな？」

ナズマがたずねると、マリはノートに記す。

――ＬＥＤはカス、全国の支店もすべてカス、妹分のアレもやっぱりカス。

「俺のまわり、こんなんばっかりだな……」

ナズマはため息をついた。マリはスピーカーから音が出るたび、体を揺らしたり手をたたいたりした。

「おーいナズマ、そろそろあのふたり呼んでこい」

床に座って機材をいじる国速がいうのでナズマはリビングを出た。長い廊下がはるか彼方《かなた》まで伸び、先の方は暗くて見えない。ナズマは玄関までもどった。

「尾張！　アーシャ！」

大声を出して呼んでみると、

「いま行く！」

階段の上から声がして、アーシャと下火がかけおりてきた。

「急いで急いで、アコチーニョ」

「……ブラジル化するな」

ふたりとも制服に着がえている。下火は来たときとちがうパーカーを着ていた。

「パーカーかえた？」

ナズマがたずねると、下火は腹のポケットを中に入れていた手でぐいっと伸ばした。

「……いいパーカーにかえた」

「いいパーカー？」

どういいのかはわからなかったが、ナズマは国速に教えられたマネージャーの職務を全《まっと》うしようとした。「そっか。うん、いいパーカーだな」

下火はいぶかるような目でナズマを見た。

「アーシャも制服よく似合ってる」

「当たり前でしょ、毎日着てるんだから」

アーシャは三つ編みツインテールにした髪を玄関の姿見《すがたみ》に映した。「ヤバイ。緊張してきた」

「だいじょうぶだって。ここは文字どおりのホームだぞ」

「そんなこといったって、緊張はするよ。はじめてのライブなんだから」

国速が廊下に顔を出す。

「そろそろはじめるぞ」

「わーアコチン、どうしよう」

アーシャが下火の手を取った。下火はその手を払いのける。

「……ここまで来て泣き言いうな。嫌なら寮に帰って体育座りしてろ」

「ひどい～。アコチン、鬼だ～。パーカーを着た悪魔だ～」

ぐずぐずして動こうとしないアーシャをナズマは押してリビングの前まで歩かせた。国速が手招きするのでとなりに行くと、肩を組まれる。

「よし、円陣組むぞ」

「え〜」

ナズマのそばにいたアーシャはまわりこんで国速のとなりに移り、肩を組んだ。下火がやってきてその小さな手をナズマの肩にかけた。

国速が全員の顔を見まわす。

「いいか、ステージにあがってしまえばアイドルは孤独だ。だが俺とナズマがついてる。そのことを忘れるな。苦しくなったら俺たちを見ろ。わかったな？」

下火がうなずいた。アーシャは硬《かた》い表情のままで何の反応も見せない。

「よし、行くぞ！　気合い入れていけ！」

「おう！」

国速の号令に応《こた》えたのはナズマだけで、ちぐはぐなまま円陣は解けた。

「おい、ナズマ――」

国速がマイクを差しだしてくる。「おまえ、最初にコイツらの簡単な紹介して、それから呼びこみしろ」

「えっ、俺が？」

マイクを持つと、ずっしり重かった。ナズマの胸が早鐘《はやがね》を打ちはじめた。

「ヤバイ。超緊張してきた」

「だからいったじゃん、緊張するって」

アーシャがぷうっとふくれる。

ナズマは深呼吸してリビングのドアを開けた。正面にソファがあって、アーシャの祖母・母・妹が座っている。彼女たちの視線が自分に注がれているのを感じてナズマは、パサパサになった口の中で舌《した》をざらりと動かした。

「あー、えっと……」

マイクを構え、声を出すと、すこし遅れて聞きおぼえのないおかしな声が背後のスピーカーから増幅したかたちで発せられ、調子が狂う。気の利《き》いたことをいわねばとあせるが、何も思いつかない。

「えー、これより春日町《かすがちよう》学生寮のあたらしいアイドルグループ・ふたりの世界がライブをおこないます。あの猫野百合香さんも認めた、世界の妹分です。それでは、はりきってどうぞ～」

国速がノートパソコンを操作すると、スピーカーからドンツクドンツクと跳ねるようなドラムの音が流れだした。下火とアーシャがリビングに入ってくる。アーシャは緊張のあまり足の運びがギクシャクしていた。下火はいつもの無表情だ。

ふたりにマイクを渡し、ナズマはソファのうしろにまわった。カメラを構えて、彼女たちを画面に収める。

「こんにちはー、ふたりの世界でーす」

アーシャがいうと、三人の観客は拍手で応えた。下火は黙って立っている。

「マリちゃん、お誕生日おめでとう」

アーシャがいってまた拍手。そののち、しばし沈黙がつづいた。アーシャは手の中に隠していたカンペを見た。こんなにみじかいMCなのに緊張で飛んでしまったらしい。

「えーと、今日はマリちゃんのために歌います。マリちゃんの大好きな世界の曲です。聴いてください、『ワールドフェイマス』」

イントロが流れたとたん、マリがソファの上で跳ねはじめた。彼女の頭が画面に入ってしまうので、ナズマはすこし横にずれなくてはならなかった。

ここからは我慢の時間だ。音楽の幻が襲ってくる。ナズマはカメラの液晶画面を見つめた。自分の仕事に集中していればすこしはましなはずだ。

視界の隅で何かが光った。それを反射的に目で追いナズマは、先ほどのかがやく幻をふたたび見た。

それは下火が発しているのだった。アーシャと並んで歌い踊る下火のまわりにだけかがやく幻は舞っていた。大きな多面体が赤・黄・青・緑の面を次々に見せながら宙を転がり、歌声とたわむれるように浮き沈みした。彼女が声を出すたび、幻が生まれ、彼女の頭上に浮かんだ。ライブハウスとはちがってスポットライトなどない、ステージの段差もない、ただのリビングだったが、うつくしい光が彼女を照らしていた。

歌はことばであるとナズマははじめて知った。これまで音楽と正面切って向きあうことがなかったのでわからなかった。歌手はただ声を出しているのではなく、メッセージを聴き手に伝えようとしている。

そして歌はことば以上のものだとナズマは悟ったのだった。日常のおしゃべりや、教科書の朗読などとはまったくちがう。下火が思いきり息を吸い、身を震わせて発したものは、いまここにしかない、何かを読んだのでも暗記したのでもない、かつて世界が歌ったのでもない、国速が作ったのでもない、あのぶかぶかのパーカーに包まれた下火の小さな体が生みだす新たな響きだった。

あなた全世界的にフルボッコ
バレちゃったから仕方ないけど
逃げも隠れももうしないどこ
見つからない場所などないもの
Worldfamous Boyfriend
止められない愛を止めないで

下火はいつもの無表情で、アーシャの方も笑顔などない。歌って踊るのに必死だ。アイドルはちっとも楽しそうじゃない。ただただ苦しそうだ。ＬＥＤのようにスタジアムを満員にするわけでもなく、世界のようにライブハウスを熱狂の渦《うず》に包むわけでもなく、たった三人の観客を前にしているだけなのに、懸命さはそれらのアイドルとかわらない。何がそうさせるのか、ナズマにはわからなかった。

「ありがとうございました！」

一曲歌いおえてアーシャはお辞儀をした。三人の観客は拍手を送る。

アーシャも下火も肩で息をしていた。踊りながら歌うのは負担が大きい。

アイドルが歌って踊るものだと誰が決めたのかはわからないが、そのことがアイドルたちを追いこみ、苦しめ、試していた。残酷で、うつくしかった。そんな彼女たちの苦労とはまったく関係なく宙に浮かぶ幻を楽しむことに対してナズマはわずかなうしろめたさをおぼえた。

だが仕方のないことだった。幻の放つ光はあまりにもまばゆすぎて、見ないふりなどできない。

「次の曲は、ここにいるクニハヤ先輩が私たちにくれた曲です。聴いてください、『グレイテスト・ヒッツ』」

電子音が炸裂した。

世界のものより速い曲だった。マリがソファから飛びおり、頭を激しく振って踊った。

下火が歌いだし、ナズマは涙をこぼした。幻の放つ光が涙の粒で砕《くだ》け、視界いっぱいに散りばめられた。

音楽の生みだす幻におびえていたこれまでの人生がすべて赦《ゆる》されたと感じた。人にいえないこの特殊な体質がなければ、このうつくしい光は見られない。これを見るために生まれてきたとさえナズマは思った。

下火が歌うたび、新しい幻が次々に生まれていく。やがて世界を埋めつくすのは明らかだった。まばゆい光に包まれていままでの世界が見えなくなっても、ナズマには惜しくなかった。うつくしい光は、うつくしいというだけで正しかった。

たとえば君がめくるめく日々に
くるくる追われているとして
それでも僕はできるだけ僕に
できることだけをしようと思う
光もろくに届かない街
泣き言ばかりのタイムライン
華《はな》やかな記憶をさまよいながら
君の名前をさがすよ

下火はマイクを持っていない方の手でスカートをぎゅっとつかみ、歌った。アーシャがぎょっとして一瞬踊りを止めた。ナズマもおどろきに目を見張った。

下火は小さな体から歌を搾《しぼ》りだしていた。ナズマの目に光があふれ、何も見えなくなった。手の甲《こう》でこすると、涙で光った。

下火とアーシャが息を合わせてステップを踏むたび、彼女たちのうつくしさ正しさが強調されていくと思った。靴下履きで足音は立たないが、何よりも強く響き、ナズマを揺さぶる。

「どうもありがとう！　ふたりの世界でした！」

パフォーマンスが終わり、アーシャが手をあげる。下火はひょこっと頭をさげた。

跳びあがり手をたたいていたマリがソファにかけもどり、ノートに何か書きつけた。彼女は涙を流していた。

ナズマはソファの背もたれ越しにノートの中をのぞきこんだ。

――今日、私はふたりの世界というアイドルのライブを観た。歌もダンスもものすごく上手だった。私はアコチンさんの大ファンになった。

マリはそれを下火に見せに行った。下火は涙に濡《ぬ》れたマリの顔を袖で拭《ぬぐ》い、その体を抱きしめた。ふたりを包みこむようにアーシャが腕を伸ばし、抱きかかえる。

ナズマも泣いていた。うつくしいものを見て涙を流すなんてはじめてのことだった。

こうしていればあるいはマリと同じように下火が抱きに来るのではないかと思っていると、背後から力強い腕に抱きすくめられた。ナズマはカメラを取りおとしそうになり、あわてて両手でつかんだ。

「この人たらしめ。おまえ本格的にマネージャー向いてるんじゃないか？」

国速がナズマの髪に指をつっこんでぐしゃぐしゃと搔《か》きみだす。

「何だよそれ」

「人たらしってのはな、人をとりこにするんだ。その場合、百のことばを使うより一粒の涙の方がずっと効果的だ」

「そんなんじゃないよ」

ナズマは頰の上で乾きかけた涙の跡を拭った。「俺はただ……感動したんだ」

「ああ……確かにアイツらはよくやったと思うよ。はじめてにしてはな」

国速はナズマの体を放し、ダイニングテーブルのフルーツ皿からパイナップルを取って口に放りこんだ。

アーシャは母親と抱きあっていた。

「アーちゃん、振付よかったわね。あれアーちゃんが考えたの？」

「うん。でも全然ダメだった。全部世界の真似《まね》だもん」

そういって背を丸め、自分より背の低い母の肩に頭を預ける。

下火はアーシャの祖母と話していた。

「尾張さん、歌お上手ねえ。何かやってらしたの？」

「……小さいころ、聖歌隊にいました」

「まあ、そうなの。どうりで基礎がしっかりしてらっしゃると思ったわ」

下火は緊張からか、いつも以上に小さくなっていた。

マリがソファの背もたれに腰かけ、ナズマに向かってノートを開いて見せた。

──今日、私はお誕生日会で最高に楽しい時間をすごした。私はサプライズのプレゼントをしてくれたお兄さんたちにとても感謝したいと思った。

「いや、そんな……俺は何もしてないから……」

いいながらナズマはふたたび涙があふれてくるのを感じて目頭《めがしら》を押さえた。

「なんでサプライズ仕掛けた側が感動して泣いてんだよ」

国速がケーキをもしゃもしゃ食いながら笑った。

「あーっ、ナズマ泣いてるぅ」

アーシャがソファの背もたれに乗馬のようなかっこうでまたがった。「なんで泣いてんの」

「なんでって、感動したんだよ。何ていうか……一生懸命やってんなあって」

本当のことはいえなかった。ナズマの見た光は誰にも見えないし、そのうつくしさを誰にも説明できない。誇《ほこ》らしかった。下火の持つすばらしい才能を自分だけが知っている。みずからを選ばれし者だと思った。

「……ナズマ、それ――」

下火が近寄ってきて、ナズマの手の中のカメラを指差した。「撮ったやつ、あとでちょうだい」

「あ、私も私も」

跳び箱を跳びこえられなかった子供のようにアーシャは背もたれの上で尻を滑らせて移動し、下火の前に立った。それを下火はぎろりとにらみつけた。

「……最初からアーシャにはあげるつもりだったけど?」

「あ、そうなの?」

「……自分のパフォーマンス見て反省してもらおうと思って。アーシャ、『ワールドフェイマス』の歌いだし、音程取れてなかったでしょ。あと、サビで腕をぐるってまわすのが小さすぎ。歌詞の『ワールド』って部分を強調できてない。それから、『グレイテスト・ヒッツ』のブリッジで立ち位置入れかわるところ、私のうしろをとおるはずだったよね。あとは――」

「ちょっと～、ダメ出し厳しすぎ～。マリちゃんの前でそんなのやめてよ～」

ふくれっ面《つら》になるアーシャの前でマリがノートをひろげた。

――アコチンさんは沖津区アイドル界のあたらしい女王《クィーン》。アーちゃんはただのケツデカ女《ファット・ボトムド・ガール》。

「ひどいよ～、マリちゃんまで～」

アーシャは顔をくしゃくしゃにする。目を見交わしつつうなずきあうマリと下火を見てナズマは、アーシャのいったとおりこのふたりは仲よくなれそうだと思った。

パーティが終わり、アーシャの家を辞去するナズマたちは三人の家族と二頭の犬に見送られた。

「私、沖津通りまで送ってくる」

アーシャもサンダルを履き、客たちに連れだつ。

「ごちそうさまでした。ごはん、本当においしかったです」

ナズマが頭をさげるより深くアーシャの母はお辞儀する。

「またいらしてくださいね」

大きく手を振るマリに国速がほほえみかける。

「今度は俺たちの寮に遊びに来いよ。アイドルに対する幻想は確実に打ちくだかれるがな」

「さてと――」

下火はコーギーを小脇に抱えた。「名前何てつけようかな」

「ダメダメ、うちの子盗らないで」

アーシャがコーギーの後肢《こうし》をつかんでひっぱると、散歩の時間とかんちがいしたのかレトリーバーが興奮して跳ねまわった。

門の外に出てハンドキャリーを押すと重かった。腹がはちきれそうで、寮まで機材を運んで帰るのが億劫《おっくう》に感じられた。

「アコチン、私、思ったんだけどさあ――」

アーシャがシャツを脱いでプロデューサー巻きにする。「私たちのグループ、ひとり増やして三人組にしたらいいんじゃないかな」

「……なんで？」

下火が眉間《みけん》にしわを寄せる。

「だってフォーメーションとか世界にくらべたら迫力ないし。ふたりだとどうしてもバリエーションがすくなくなっちゃうでしょ？」

「新メンバーって、誰か当てがあるのか？」

ナズマはアーシャにたずねた。友達のいない下火には振らないでおく。

「沖津区アイドルのこと好きで歌って踊れる子がいいんだけど、学校にはいないなあ」

アーシャは腕を組む。

「アイドル好きかあ……」

ナズマは虚空《こくう》に視線をさまよわせていたが、正面にいる人物に目を留めた。「あっ、くぅちゃんがいた……」

「俺か？」

国速は笑いだした。「俺も女に生まれてりゃアイドルやりたかったけどさあ」

「……アーシャ、はさみ持ってきて」

下火に肩をつかれ家にもどりかけたアーシャを国速は必死で止めた。

「バカ！　チョキンで済んだらタイの専門医はおまんまの食いあげだっつーの！」

ナズマはその重みを確かめるようにハンドキャリーのハンドルを握りしめた。

「俺がメンバー募集してみるよ。ホームページとか作ってさ」

「どうしたの、急にやる気出して」

アーシャが不思議そうな顔をする。

「いや……俺、今日のライブ観て、好きになったんだ」

自然と目が下火の方に行ってしまい、はっとして他へ向ける。「その……アイドルのことがね」

「世界じゃなくて私たちのライブでアイドルファンになったの？　変なの」

アーシャが唇を尖らせる。

ナズマはもう一度下火を見た。いまはデニムに穿きかえているが、ライブでは制服のスカートをつかんでくしゃくしゃにさせていたのだった。

「尾張、あのスカートつかむやつ、おまえが考えたのか？」

「……何それ」

下火は首をかしげた。

「やってたじゃん。『グレイテスト・ヒッツ』の途中で」

「……記憶にない」

「あれはすごくよかった。本当に力を振りしぼってるのが伝わってきたよ」

「……そう？」

下火はパーカーのポケットに手をつっこみ、腑《ふ》に落ちぬといいたげな顔をしていた。

ナズマはこの場を離れがたかった。ライブの余韻《よいん》がまだつづいていた。二曲だけでは足りない。あのうつくしい光をもっと見たい。ずっと見ていたい。目がくらみ、ふさがり、つぶれてしまっても本望《ほんもう》だとさえ思った。

「あの……すいません」

彼らに呼びかける者があった。

眼鏡《めがね》をかけたやせっぽちの少年がアーシャを見あげていた。肩にトートバッグをかけている。

「どうしたボウズ。ホグワーツなら駅へ行け」

国速がいうのに耳を貸さず、少年はアーシャを見つめる。

「マリちゃんのお姉さんですよね？」

「そ、そうだけど……？」

「僕、マリちゃんからお誕生日会の招待状もらったんですけど、ピアノのお教室で遅れちゃって……パーティまだやってますか」

「えっ？　えっと……」

「……やってるよ」

下火がすばやく動いて通用門を押しあけた。「……ほら、行って」

「ありがとうございます」

少年は頭をさげ、玄関へのアプローチをかけていった。

「ああ……ありゃマリの彼氏だな」

彼の背中を見送りつぶやく国速に、アーシャが食ってかかった。

「ちょっと先輩！　マリちゃんはまだ小五ですよ！　恋愛は禁止！」

「何LEDみたいなこといってんだよ。小五なら彼氏やセフレの一人や二人はいるだろ」

「いませんよ！　マリちゃんはそういうの絶対ないです！」

ナズマは下火を見つめていた。彼女はアーシャの家の扉が開き、少年が迎えいれられるのを見守っていた。

「尾張、どうしたの」

「うん……よかったって思って」

下火は袖を目に押しあてた。「誕生日に誰も来ないのは……やっぱさびしいから……」

彼女の目に涙が光っているのをナズマは見た。

「尾張は……優しいな」

ようやく発することのできた褒めことばだった。だがナズマの心はもうそこになかった。

下火の目に浮かぶ涙は、ナズマが見た幻と同じ光を宿していた。パフォーマンス中に見たあの光にナズマは心を奪われたのだった。

彼女の優しさ、かわいらしさ、危なっかしさに心惹《ひ》かれたのはもう過去のことだった。あの光がそのまばゆさですべてを覆《おお》っていた。

これがアイドルに恋をするということなのだとナズマは悟った。沖津駅から歩いて数分の距離とは信じられぬほど静かな、ナズマの知らないあたらしい街で、あたらしいアイドルが誕生し、あたらしい恋がはじまった。

下火はアイドルだった。もうふつうの女の子にはもどれない——アイドルとして恋するナズマがいる限り。

スムーズにつづいてきた生活が一変した。大きな断絶だった。あまりに急激なことだったので、ナズマは恐怖をおぼえ、ハンドキャリーのハンドルを持つ手に力をこめた。その拍子《ひょうし》に動きだしたハンドキャリーの底がアスファルトの路面にこすれて、接触不良のノイズみたいな音を立てた。

第4章 「私がアイドルをはじめたのではない。アイドルが私をはじめたのだ」

学校にいるときの下火は死んでいるようなものだった。

午後三時半、帰宅した下火は床の上で横になっていた。分厚いパーカーのフードが枕がわりだ。ポケットから取りだした紙製の筒をひっぱって開け、カラフルなチョコの粒をざらざらと口の中に流しこむ。

(ああ、生きかえる……)

チョコの血中濃度があがって下火はすこし元気を取りもどした。

学校にはまだ慣れない。それぞれの中学校からやってきたリア充キョロ充たちが友達を作ろうと自分語りに精を出している。下火はそんな競争に加わる気などなかった。

部屋のドアがノックされた。

誰なのか下火にはすぐにわかった。ここを訪ねてくる者はひとりしかいない。寝たふりをしてやりすごそうとしたが、ノックは次第に激しくなる。仕方なく起きあがってドアを開けに行った。

部屋に入られるのが嫌でドアを細く開けると、アーシャの笑顔がのぞいた。

「ねえ、クニハヤ先輩の部屋行こう、アコチン・ルター」

「……宗教改革化するな」

週末、家に帰っているあいだもアーシャはしつこくLYNEのメッセージを送ってきていた。土曜日のライブで彼女は完全に目ざめてしまった。もっと本格的にアイドルをやりたいという。それで国速《くにはや》に相談したがっている。

彼女は大きな眼鏡《めがね》をかけていた。レンズ越しの輪郭《りんかく》が崩《くず》れていないので下火には伊達《だて》眼鏡だとすぐにわかった。

(制服にだてメ、超かわいい……。何でも似合っていいなあ……)

下火はアーシャについていくことにした。かわいい女の子にはどうにも弱い。

「ノックしないでいきなり入っちゃおうよ」

アーシャの声はあいかわらず大きく、暗い階段に響いた。「エッチな本とか見てるかも。やだ～」

「(……嫌ならやるな) いまどきの男子はエロ本なんて見ない」

「そうなの?」

「……パソコンかスマホでエロいのを見てる」

「え～、キモ～い。やだ～」

「(……嫌なら行くな) そうだね」

嫌だ嫌だといいながら、結局アーシャは国速の部屋のドアをノックなしに引きあけた。

ベッドの上には誰もいない。奥の方をのぞいてみると、机に向かうナズマの肩を国速がうしろから抱きかかえていた。国速の口がナズマの頬《ほお》に近づき、いまにも触れてしまいそうだ。

「キャーッ！」

アーシャは両手で目を覆《おお》った。だが指のあいだからのぞく目は大きく見開かれている。

（すきますきま！）

下火はアーシャと男子二人とを交互に見た。

「んっ？　……何だ、おまえらか」

国速がナズマの体から手を離し、ふりかえる。

「先輩……何やってるんですか」

アーシャは背を丸め、下火のうしろに隠れながら問いかける。「まさかナズマと……」

「ああ。ちょっとナズマにお絵描きソフトの使い方を手取り足取り教えてたんだ」

「……何だ、濡《ぬ》れ場じゃないのか」

下火がつぶやくと、国速は吹きだした。

「濡れ場じゃねえわ。濡れ衣《ぎぬ》だ」

アーシャが下火の背後でほっとため息をつく。

「びっくりした〜。クニハヤ先輩ホントにゲイなのかと思った」

「おい、ホントにって何だ」

あいかわらず散らかっていて足の踏み場もない部屋だった。下火とアーシャにベッドを譲《ゆず》り、国速は中庭に面する窓を開けて桟《さん》に腰かけた。

ナズマは脇目《わきめ》も振らずにパソコンの作業をつづけている。

誕生日会のライブ以来、彼はかわった。アーシャと同様、いやそれ以上にアイドル熱が高まっているように見える。

あの日、たかが余興《よきょう》だというのに彼は涙を流していた。下火にとっていまのアイドル活動はアーシャにつきあっているだけのことだ。そのことを知ったらナズマは悲しむだろう。

歌に感動して彼が流す涙も、下火に失望して流す涙も、どちらもうつくしいにちがいないと下火は思った。彼の流す涙は彼女にとっての罰《ばつ》であるはずなのに、その涙が彼の頰を伝う様《さま》を脳裏《のうり》に描くと彼女の胸は痛いほどに高鳴った。

「ナズマ、何やってんの」

アーシャに聞かれてナズマはようやくふりかえった。

「ブログのヘッダー描いてるんだよ」

そういって彼はおもちゃのペンみたいなものを持ちあげて示した。アーシャは首をかしげる。

「ヘッダー？　何それ」

「ブログのタイトルとか書いてあるところのこと。そこに絵を入れようと思ってさ」

「コイツむかしから図工得意だったからな」

国速が身を窓の外に乗りだしながらいう。

下火は立ちあがり、パソコンの画面をのぞきこんだ。ナズマの描いているのは不思議な絵だった。色とりどりの図形が無数に組みあわさっている。まるで抽象画だ。

「……これ、何の絵？」

「これはその……ふたりの歌を聴いてイメージしたものを描いてみたんだけど……」

「へえ（まさかヤバイ薬とかやってんじゃないだろうな……）」

下火はふたたびベッドに腰かけた。いつも何だかぼんやりしていて、どちらかというとイジられキャラなのに、今日の彼はすこしちがって見えた。

「そのブログでメンバー募集するの？」

ベッドの上で体育座りしたアーシャがたずねる。

「そうだよ」

ナズマは画面に向かったまま答えた。

三人組だろうと何だろうと下火はどうでもよいのだが、アーシャもナズマも新メンバーを加えるという考えに夢中だ。

国速が桟の上で片膝《かたひざ》を立てた。

「ただ新メンバーを募集するんじゃつまんねえな。前にも三人目のメンバーはいたが、初代は子供用のプールで溺死《できし》、二代目は飼っていた猫のゲロで窒息死《ちっそくし》したってことにしたらどうだ。箔《はく》がついていいぞ」

「やだ〜、何か怖い」

アーシャが膝を抱えこむ。

「うん（箔と吐くがかかってると見た）」

窓から吹きこむ風が冷たいので下火はパーカーのフードをかぶった。

「あっ、そうそう――」

ナズマが椅子《いす》を回転させてふりかえった。「グループ名どうする？　三人組にするなら『ふたりの世界』はおかしいよね」

「えー、じゃあ『三人の世界』？」

「……『尾張の世界《OWARI NO SEKAI》』」

アーシャと下火の意見を聞き、ナズマは思案顔になった。

「俺はもう世界ってことばをはずした方がいいと思う。でないと、いつまでたっても世界を超えたと認めてもらえない」

「おまえ、世界を超えるつもりなのかよ」

国速が鼻で笑った。「ずいぶん大きく出たな」

ナズマは笑っていなかった。

「別にふつうだよ。ていうか、俺はもうすでにこのふたりの方が世界より上だと思ってる」

「ナズマおまえ……４ＲＥＡＬ《ほんき》と書いてマジでいってんのかよ……」

国速の顔から笑いが消えた。「ここんとこ何かおかしいぞ」

「ねえ、何かすごいこといってる」

アーシャが肩を寄せてきて、ささやいた。

「……うん」

下火はフードの下でうなずく。

国速のいうとおり、ナズマはおかしい。アイドルのライブを観《み》て涙していた。下火はそれに対して、もらい泣きしたり感動したりはしなかった。ただ自分のしたことが思いもかけない結果を招いて恐ろしくなったのだった。

「それでくぅちゃん、新しいグループ名、どんなのがいいと思う？」

ナズマが椅子を窓の方に向ける。国速は肩をすくめた。

「知らねえよ。『ティーンエイジ・ミュータント・ニンジャ・アイドルズ』あたりにしとけ」

「私たち、ニンジャじゃないよ！」

アーシャがキレたウサギのように足の裏でベッドを打った。

「うん（ミュータントでもない……）」

下火はフードの下でうなずいた。

「じゃあアーシャ、何かある？」

ナズマに振られてアーシャは座禅《ざぜん》のように脚《あし》を組んだ。

「うーん……『セクシービーム』っていうのは？　私たちの魅力でお客さんのハートを撃ちぬくっていう――」

「何いってんだよ」

国速は窓枠《わく》をうまく利用して体を√《ルート》のようなかたちにした。「日本語訳して『スケベ光線』あたりにしとけ」

「嫌です！」

アーシャはその大きなお尻《しり》を一度浮かせてベッドにたたきつけた。

「うん（『スケベ工船』だったら嫌だな……）」

下火は波打つベッドでぽんと弾《はず》みながらうなずいた。

ナズマがペンを手の中でくるりとまわす。

「くぅちゃんが最初にいったみたいな、長い名前はいいかもね。インパクトがある」

「じゃあ『見ざる《シー・ナッシング》・言わざる《セイ・ナッシング》・聞かざる《ヒア・ナッシング》』ってのはどうだ」

「『カレー・うどん＆そば』っていうのは？」

「……『ジャン・ポール＆エヴァン』」

次々にアイデアは出されたが、どれも決め手に欠けていた。

ベッドの脇にベッドと同じ高さにまで積みあげられた本の山があって、その上に一枚のメモが置いてあった。下火はそれを手に取った。何かのリストらしく、たくさんのことばが箇条書きされてある。その中に丸で囲まれたものがふたつ——「アイドル・マニア」と「メロディ・リリック・アンド・チューン」。

「……これ何ですか」

下火が差しだすと、国速はその紙片をのぞきこんだ。

「知りあいがアイドルニュースサイト立ちあげるっていうんだけど、そのタイトル考えてくれって頼まれてな、これはその候補だ」

「……へえ」

下火はいっしょになってのぞきこんでいたナズマにそのメモを押しつけた。

「え……何？」

彼は怪訝《けげん》そうな顔をする。

「……ちょっとトイレ」

下火は立ちあがり、部屋を出た。

廊下を歩きながらナズマにＬＹＮＥのメッセージを送る。

国速先輩に「アイドル・マニア」の方を勧《すす》めといて
できればそれで決定ってことにして相手に送るところまで行っといてほしい

角を曲がって多目的スペースに入る。卓球台の上にラケットがあったので、手に取り、素振りなどしてみる。

「メロディ・リリック・アンド・チューン」——一目見てピンと来た。Ｗｅｂサイトなんかのタイトルにしてしまうのはもったいない。

目的が果たされるまでは時間稼《かせ》ぎをしていればよかった。国速を動かすにはナズマを使うのが最善だ。

下火は自分のアイデアに惚《ほ》れ惚《ぼ》れした。

壁際に置かれた自動販売機が低くうなる。時間はゆっくりとしか流れない。ひとりだからだろうか。ひとりでいることには慣れていたはずなのに、ナズマやアーシャや国速から離れてみると、時間が重苦しい。

ジュースでも飲もうかと思い、自販機に近づいたそのとき、下火はとんでもないミスを犯していたことに気づいた。

(ヤバイ……私、トイレに行くっていって出てきたんだった……)

あわててスマホの時計を見ると、あれからもう五分が経過していた。アイドルが絶対にしないはずのことをしていたという疑惑をかけられるには充分な時間だ。

(いったいどうしたら……そうだ……これしかない……)

下火は急いで自販機にお金を入れ、ボタンを連打した。

五分後、彼女はお盆を手に国速の部屋へともどった。

「……コーヒー淹《い》れた。フィルター使って淹れるのすごい時間かかった」

きかれてもないのにそんなことを口にする。

「わあ、ありがとう」

アーシャがカップをひとつ取る。

「気が利《き》くじゃねえか」

国速が桟に腰かけたまま手を伸ばす。「むっ、香りがいいな」

「(実は缶コーヒーでした……) どうも」

下火は砂糖とミルクを差しだした。

ナズマの分はペンタブのかたわらに置いてやる。彼はモニターから目を離し、下火に笑顔を見せた。

「ありがとう」

「……アレ、どうなった」

彼の耳元でささやく。

「もう向こうに『アイドル・マニア』の方を送ったみたい」

「……よし」

下火は立ったままコーヒーをすすった。なるほど、国速のいうとおり、最近の缶コーヒーはなかなかおいしい。

「……私、グループ名考えた」

彼女がいうと、国速が顔をあげた。

「何だよ。いってみろ」

下火はもう一度コーヒーをすすって間《ま》を取った。

「……『メロディ・リリック・アンド・チューン』」

「は？」

コーヒーをこぼしそうになったのか、国速が口元に手を当てた。「それ、俺が考えたやつじゃねえかよ」

（そうでしたっけ、フフフ……）

下火はそしらぬ顔でコーヒーを飲んだ。

「尾張《おわり》、俺にメッセ送ってきたの、それでか」

ナズマのいうことにも聞こえないふりをする。

国速が桟からおりてナズマにつめよった。

「おい、おまえもアコとグルなのか？　俺をハメるような真似《まね》しやがって」

「い、いや、ちがうよ。俺も知らなかった」

ふたりはしばらく押し問答していたが、やがて「まあ、もう送っちまったしなあ」といって国速が引きさがった。

「アーシャ、おまえはどうだ」

国速が振ると、アーシャは大きくうなずいた。

「いいと思います。メロディ・リリック・アンド・チューン略してメロリリって何かかわいいし」

（いるんだよな、すぐ「略して」とかいうやつ……）

下火はコーヒーで渋くなった口の中をチョコの甘さで中和《ちゅうわ》した。

国速が机に寄りかかり、コーヒーを一口飲んだ。

「ナズマ、おまえは？　その名前でいいのか？」

「うん、いいと思う。その名前でブログ作るよ。あと、Facemook《フェイスムック》とWhitter《フィッター》のアカウントも取る」

ナズマが作業を再開したので、下火たちはやることがなくなり、その場は解散となった。

廊下に出ると、アーシャが抱きついてきた。

「名前が決まると、本格的にはじまった感じがするね」

「……うん」

下火は手にしたお盆を取りおとさぬようしっかり持ちなおした。

「よろしくね、メロディ。あ、リリックの方がいい？」

「……そういうことではない」

じゃれつくアーシャを、手が使えないのでお尻で押しはがしていると、ドアが開いてナズマが出てきた。

「尾張、ちょっといいか？」

「あ、うん」

下火はパーカーのフードをひっぱるアーシャの手を振りほどいた。

ナズマは厳しい顔をしていた。

「さっきのグループ名の件だけど、ああいうときは前もって俺に意図を説明しておいてくれ。そしたら俺もくぅちゃん説得するから。おまえがしてほしいこと、いってくれれば全部俺がやる。信頼して、俺にまかせてほしい」

「あ、うん」

下火はこくんとうなずいた。

（……何この頼れる感じ。ナズマのくせにちょっとかっこいい）

ナズマは口から長々と息を吐いていつもの表情にもどった。部屋に帰りかけてアーシャの方を見る。

「その眼鏡、いいな。アーシャって目ェ悪かったっけ？」

「悪いよ！」

なぜかアーシャはむきになっていいかえす。

（何だその見栄《みえ》の張り方……）

ナズマはほほえみ、ドアの向こうに消えた。

「ナズマってホントやだ〜。私のことすごい見てる〜」

アーシャは意味もなく膝を締め、てのひらで強くこすった。

「……アーシャってさ」

下火はすこし塗装の剝《は》げたドアを見つめながらいった。「……わかりやすいよね」

「は？　何が？」

「……いや」

下火は胸がドキドキしていた。それは軽く説教されたためであって、恋に落ちたとかんちがいするのは吊《つ》り橋効果だとわかっていても下火は、自分がぐらぐら揺れて深いところまで落ちていきそうになっていると感じた。

（私、チョロいな。ツンチョロ、いやクーチョロだな……）

「もう私やだ。クニハヤ先輩がマネージャーやってくれればいいのに」

アーシャが頬をふくらませる。

(コイツはもっとチョロいな。チョロチョロだな)

下火はお盆の上の、誰のだかわからないカップを取って中のコーヒーを一息に飲みほした。

翌朝、授業がはじまる前の教室でナズマに声をかけられた。

「これ、作ってみたんだけど、どうかな」

彼が差しだす紙を下火は受けとった。


——メロリリ、はじめました。


紺色《こんいろ》の地に白ヌキの文字でデカデカと書かれていた。ふつうのフォントとはちがう、毛筆で書いたような字だ。

(冷やし中華あつかい……)

「これ、筆で書いたのをスキャナーで取りこんで加工したんだ」

「……へえ」

下火は手の中の紙をじっと見つめた。メンバー募集の要件が連絡先とともに書かれてある。

「メロリリ」の字の上にてのひらがかぶさった。ナズマが下火の視線を手でさえぎっていた。

「そんなにじっくり見られたら恥《は》ずかしいんだけど……」

「あ、うん」

彼のてのひらは大きくて、指はごつごつしていた。紙を持つ自分の小さな手がおもちゃみたいに感じられた。

「今日、学校終わったら、このビラを貼《は》りに行こうと思ってるんだけど、尾張はくぅちゃんと沖津坂上《おきつさかうえ》のライブハウスに行ってくれる？　あのへん住んでたんでしょ？」

「あ、うん（あのへんにライブハウスなんてあったのか……）」

下火はあの街に帰ることなど二度とないだろうと考えていた。生まれ育って、楽しい思い出がたくさんあって、だからつらかった。

だが今回は二人で組んで行くのだという。ひとりでなければ街は別の景色を見せるかもしれない。

本当はナズマといっしょがよかった。最後に自分がひどく傷つけられた街を彼に見せたかった。見られたかった。いま受けている罰の内実を彼に知ってほしいと下火は思った。

「……ナズマは？　どっか行くの」

「俺はアーシャと〈ワン・ミリオン・クラブ〉に行ってくる。ほら、世界のライブやったとこ」

「……へえ」

「ライブハウスに行ったらそこの人に挨拶《あいさつ》しといて。いつかそこでライブやることになるかもしれないからさ」

「あ、うん」

下火がビラを返すと、ナズマは友人たちのもとへともどっていった。彼の属するグループはいつも教室の中央に陣取《じんど》っていて、クラスの中でも一番にぎやかだった。メンバーは男子だけだが、教室の隅に点在する女子グループが彼らを意識しているのは明らかだ。目ざとい下火にはそれがわかった。

下火は教室の一番うしろにある自分の席についた。なぜだか気分が落ちこんでいた。

パフにチョコを染《し》みこませたお菓子をポケットから取りだし、口に放りこむ。いつもなら気分が高揚してくるのだが、今朝は心が沈んだままだった。

（……ダメだ。混ぜ物が多すぎて効きが弱い！）

朝からチョコをむさぼり食っていてはクラスメイトにおかしな目で見られると思い、下火は机につっぷした。枕にした袖《そで》からふんわり優しいにおいがした。

休み時間になって、下火はE組の教室に出向いた。アーシャを呼びだして先ほどの話を伝える。

「え～、やだ～」

アーシャの声は廊下に響きわたった。

「……そう？」

下火はE組の教室から顔を出してこちらの様子をうかがう男子をにらみつけた。

「ナズマとふたりきりで行ったら変なことされそう」

「そうだね（変なこと？　たとえば胸を揉《も》ま——いや、ないいな！）」

下火はアーシャの胸をちらりと見た。「……じゃあ、私がナズマと行く」

アーシャは手を合わせる。

「うん、そうして。ごめんね、アコチンアナゴ」

「……誰が水族館の人気者だ」

自分の教室にもどりながら下火は足取りが軽やかになるのを感じた。心が弾むのはナズマと出歩けるからか、アーシャを彼のそばから排除できたためか。いずれにせよ罰を受けている身にはふさわしくなく、自重するため下火はパーカーのポケットに手をつっこみ、フードをかぶって顔を襟《えり》の中に埋める。パーカーはやはり優しいにおいがした。


六時間目が終わると、一度寮に帰って鞄《かばん》を置いた。アーシャが沖津坂上のライブハウスに伝《て》手《つ》があるというのでそちらは彼女と国速にまかせ、下火とナズマは駅前に行く。

「尾張、自転車は？」

ナズマは門の脇の自転車置き場から籠《かご》のゆがんだママチャリを引きだそうとしていた。

「……ない」

「じゃあ、バスで行くか」

沖津車庫の停留所からふたりはバスに乗った。

「けっこうカス高の人いるな」

鞄を持っていなくて、ナズマとふたりで、別に見とがめられるような要素はないのに、周囲から浮いてしまっている気がして下火は息をひそめた。

「ここ座ったら？」

ナズマがバスの中央にある降車口の前で手招く。下火はひとつ残った空席に腰をおろした。

沖津駅に向かう高校生で車内はいっぱいだった。バスが揺れて、ナズマは窓に手を突いた。

下火の頭上に彼の体が覆いかぶさるかっこうになった。

（窓ドン……！）

「ごめんごめん。だいじょうぶ？」

ナズマが下火を見おろし、ほほえんだ。

「あ、うん（しかし――）」

下火は彼を見あげてまたうつむいた。

（美容院で何て発注したらこんな中途半端な髪型になるんだ……）

ヘアスタイルに関して下火はうるさかった。自分の髪型は十歳のときにもっとも似合うものを見つけてしまったので、以後まったくかえていない。

「尾張ってさ、目立つよね」

ナズマが下火の上に影を落としながらいう。

「……えっ？」

下火は顔をあげかけ、視界が彼の体でふさがれているのを知ってまたうつむいた。

「入学式のときからパーカー着てて、すごいおしゃれだなって思ってた」

「いや（おしゃれではない……）」

「アーシャも目立つでしょ？　新入生代表だし、背ェ高いし、顔ちっちゃいしでさ」

「うん（あと声がクソデカい）」

「そんなふたりが組むんだから、すごいグループになるよ。カス高でも一番だし、沖津区でも一番になれる」

「……そう？」

学校で一番、地元で一番という自信を全身にみなぎらせたアイドル志望者たちを下火はたくさん見てきた。彼女たちはアイドルになれなかった。すべては他の誰かが決める。自分が選ばれるにちがいないなどと思いあがることは天に唾《つば》するのと同じだった。

沖津駅南口でバスをおりて、北口にある沖津サンモールへ向かう。

近くにある大学から学生が大挙《たいきょ》してやってきて、改札の前でたむろしていた。彼らとくらべるとナズマは子供だった。首は細く、ひげも生《は》えなさそうなつるんとした顔をしている。

その彼が見かけとは裏腹《うらはら》な、低くて男っぽい声を出すので、下火はくすぐったいような気味が悪いような、不思議な気分になった。

「尾張、ここよく来んの？」

「……あんまり」

「この商店街、にぎわっててすごいよね。屋根もあるし」

アーケードの中は人でいっぱいだった。注意書きなどあるわけではないが、自然と左側通行になっている。

ナズマと並んで歩くと、歩幅のちがいか、下火はすこしずつ遅れていき、たまに小走りになる必要があった。

ライブハウスに通じるくだり階段の壁にはあいかわらずビラがたくさん貼られていた。

「ここじゃ目立たないから奥に貼らせてもらおう」

ナズマがQRコードの印刷されたビラを指でなぞった。この前来たときには気づかなかったが、これらはすべてアイドルのライブやイベントを告知しているのだった。

ライブハウスの入口は開けはなたれていた。ナズマが戸口から奥に呼びかける。

「すいませーん。昨日電話した者ですけど」

ややあって、黒いバンドTシャツを着た男が出てきた。メッシュの入ったロン毛で若作りしているが、よく見ると顔は老けている。

「ああ、カス高の子ね」

背の高い男で、ナズマを見おろすかっこうになる。

「ビラ持ってきたんですけど」

「好きなとこ貼っていいよ」

「ありがとうございます」

お辞儀《じぎ》をしたナズマが下火を横目に見た。「あの、彼女はメロディ・リリック・アンド・チユーンのメンバー・尾張下火です。よろしくお願いします」

「あ……よろしくお願いします」

下火はひょこっと頭をさげた。

「よろしく。いつかうちでライブやってね」

男は笑うと顔がしわだらけになった。ライブハウスの奥へともどっていく彼の背中を見送り、下火はため息をついた。

(いかんなあ……スタッフさんへの挨拶、全然できてない……)

ライブのときに座ったバーカウンターの脇に小さな掲示板があった。ナズマはそこの中央に持参のビラを貼った。「メロリリ」の文字は大きくて目立った。

「うん、いいね」

ナズマは一歩引いてそれを眺《なが》め、うなずいた。下火と目が合うと満足げにほほえむ。

「本当にここでライブできるようになるといいね」

「あ、うん(世界みたいに? あんなに人集めるのとかムリだろ……)」

ステージ前でさっきのロン毛男と制服姿の女子数人が何やら立ち話している。そのうちの一人がこちらに目を留め、近寄ってきた。

「見学?」

黒髪ロングで、和服の似合いそうな美少女だった。歩く様、立ち姿にも品がある。

「いえ、僕らは——」

ナズマは先ほど貼ったビラを指差した。「メロディ・リリック・アンド・チューンっていうアイドルグループをはじめたんです。それで新メンバー募集のおしらせを……」

「ふうん」

黒髪の女子は下火の顔をじろじろと見た。「あなた……どこかで見た顔だね」

「えっ（まさか……ヤバイ……）」

下火はぎこちなくうつむき、彼女の視線から逃れようとした。

いつかは身バレすることもあるだろうと考えていた。コアな人たちなら下火のことを知っていてもおかしくはない。

あの寮に入った当初なら、それも罰だと思い、甘んじて受けていただろう。だがいまは耐えられそうにない。ナズマの失望した顔、アーシャの遠ざかっていく姿が目に浮かんで、下火は胸が苦しくなった。

罰を受ける身であることも忘れて、いつの間にか自分はこの生活を楽しんでいたのだ。

「ねえ、ちょっと来て」

黒髪の女子がステージ前にいる仲間を呼んだ。彼女と同じ制服に身を包んだ四人の女子が小走りにやってくる。

「この子、どっかで見たことない？」

指差されて下火はいっそう小さくなった。パーカーの下で大粒の汗《あせ》が肌《はだ》をなめて流れた。

「あ、思いだした」

あとから来た女子が下火の顔を指す。「このあいだの世界のライブ観てた子だ。ほら、Mu《ミュー》Tube《チューブ》にあがってたやつ」

黒髪の女子が手を打ちあわせた。

「ああ、コロダイしてた子ね」

（コロ大……？　アメリカの名門大学かな？）

下火は首をかしげた。

「お客さんの上で転がったときの話ですか？」

ナズマがたずねると、黒髪の女子はうなずいた。

「そうそう。あれはすごかったね」

仲間たちもうなずきあう。

「あれはマジでヤバかった」

「今年の一年は気合い入ってるなってうわさになってるよね」

「四月からあんだけ荒ぶるとは将来有望だわ」

（A　LOVEる……？　続編かな？）

下火は首をかしげた。

「あなたたち、どこの高校？」

黒髪の女子にたずねられて、なぜかナズマは心もち胸を張った。

「僕たちはカス高です」

「春日《かすが》高校？　じゃあ世界の……」

「はい。僕たち、ユリカ先輩と同じ寮で暮らしています」

ナズマがいうと、「ほう」と声があがった。

「てことは、世界から影響受けてんだ」

「はい。メロリリは世界公認の妹分ですから。あの三人をリスペクトしてます」

ナズマのことばに下火はあきれ、どのツラさげていっているのかと見つめてしまった。

(世界を超えるとか超えたとかいっていたはずだが？)

「やっぱりふだんからユリカさんと仲いいの？」

「はい。いつもユリカ先輩にはかわいがってもらってます」

(あれがかわいがり……？　相撲《すもう》部屋かな？)

下火は日頃のナズマを思いうかべ、首をかしげた。

黒髪の女子が仲間に目くばせする。

「ねえ、この子たち、どうかな」

「うん、いいんじゃない？」

「こんだけ早くはじめるって、見込みあるよ」

下火とナズマは話の流れがつかめず、顔を見合わせた。

黒髪の女子が名刺《めいし》を差しだしてきた。

「私は浪宮《なみのみや》高校の千々谷凛《ちぢやりん》。私たちＤＩＥ《ダイ》！　ＤＩＥ《ダイ》！　ＯＲＡＮＧＥ《オレンジ》！　っていうグループをやってるんだけど――」

「あっ……ど、どうも」

ナズマは名刺というものに恐れをなしたのか、必要以上にぺこぺこしながらそれを受けとった。

（おいおい……名刺もらうときは両手だろうが）

下火は五人分の名刺をきちんと両手で受けとり、九〇度のお辞儀をした。

「私たち今度、沖津四季の森公園でフリーライブやるのね。『沖津グリーンフェスタ』っていうイベントで」

千々谷凛はスマホをいじりながらいった。「それで、前座《オープニング・アクト》をさがしてるんだけど、あなたたち、よかったらやってみない？」

「はい、やります」

ナズマが即答したので下火は驚いてしまった。

（エーッ！　いきなりライブとかムリだろ……）

「ライブやったことあるの？」

「はい、あります」

（エーッ！　あんなのライブやったうちに入らないだろ。何が「ありまぁす！」だよ……）

「イベントは二日間あって、ライブは最終日・五月五日ね。その日だいじょうぶ？」

「はい、全然だいじょうぶです」

（エーッ！　あと二週間しかないんだが。何が「出来らあっ！」だよ……）

「じゃあよろしく。私たち、別のイベントのことでここのマネージャーと打ちあわせがあるから、これで。詳《くわ》しいことはあとでメールする」

「はい、失礼します」

ステージの方にもどっていく五人を見送ると、ナズマは下火の目を見てニヤリと笑った。

「やったぜ。ライブ決まった」

「あ、うん（やってない）」

下火はいきなり決まってしまったライブに対する不安と、うれしそうなナズマを見ていて生じる胸のもやもやとで何だか息苦しくなり、パーカーのポケットから板チョコを取りだしてかじった。混じりけのないチョコのかたまりは融《と》けて端が柔らかくなっていたが、もちゃもちゃ食べると脳にガツンと来て、ライブのこともナズマのことも罰のことも忘れた。


寮にもどり国速の部屋に行くと、誰もいなかった。

「やっぱ俺たちの方が先だったな」

ナズマが下火の横をとおりぬけて寮の玄関にもどりかけたところ、

「おーい、こっちだこっちだ」

中庭の方から声がする。

窓に近づいて見ると、国速とアーシャが芝生《しばふ》の上にレジャーシートを敷いて座っていた。

「外、気持ちいいからさ、ちょっとおやつタイム」

国速はパンをかじっている。

（あ、パン・オ・ショコラ……いいなあ）

下火の目は国速が手にするパンをとらえていた。彼に教えられてから下火はすっかりハマってしまっていて、毎日、一時間目と二時間目のあいだに走って買いに行く。昼休みでは売りきれてしまうことがあった。

アーシャはバゲットサンドを大口開けてかじっていた。

「遅いよ、アコチン・ハーン」

「……モンゴル化するな」

ナズマと下火は靴を取ってきて中庭に出た。風が冷たかった。レジャーシートの角がめくれるのを押さえこむようにしてナズマが腰をおろした。

「くぅちゃんたち早くね？」

「沖津坂上は自転車ですぐだからな」

下火はアーシャを見おろした。

「……アーシャは自転車乗れないはずでは？」

「うん。だからクニハヤ先輩のうしろに乗せてもらった。二人乗り」

「へえ（二人乗りだと……？）」

下火とナズマにも自転車は一台しかなかったが、二人乗りという発想はなかった。

（高校生の男女が自転車二人乗りとか……それは婚前交渉《こうしょう》と同義……「友達で押しとおす予定！」とかいっても世間《せけん》には通じない……）

「俺たちも二人乗りすりゃよかったな」

ナズマに目を向けられ、下火はぶんぶんと大きく頭《かぶり》を振った。

「それよりさ、たいへんなことになったんだよ」

ライブハウスで起こったことをナズマは語って聞かせる。

国速とアーシャが顔色をかえた。

「ＤＩＥ！　ＤＩＥ！　ＯＲＡＮＧＥ！　だと……？」

「ダイダイとライブやるの、私たち……？」

ナズマが困惑《こんわく》して一度下火の方を見る。

「えっ……何かマズかった？」

国速が立ちあがり、食べおえたパンの紙袋を手の中で丸めた。

「ＤＩＥ！　ＤＩＥ！　ＯＲＡＮＧＥ！　は浪宮高《ナミ》の二年生五人組で、キャッチフレーズは『パブリック・アイドルＮｏ．１』。ポスト世界の一番手といわれているが、同時に沖津区一の武闘派としても知られている」

「ダイダイとライブなんて……殺されちゃうよ！」

風でレジャーシートがめくりあがり、アーシャの背中を打った。

（アイドルに殺されるとか……フン、おおげさな……）

下火はレジャーシートの角を踏んで押さえた。

「おまえらにダイダイの恐ろしさを見せてやる。来い」

国速に手招きされ、下火たちは国速の部屋にもどった。

パソコンの画面にＭｕＴｕｂｅの画面が映しだされる。国速がひとつの動画を再生させた。

先ほどのライブハウスよりずっと小さい箱で、客もまばらだった。ステージと客席との段差がほとんどない。

五人の女子が姿をあらわした。画像が粗《あら》くて誰が誰だか判別できないが、センターの者だけはわかる。長く黒い髪――千々谷凜だ。

イントロが流れる。スローでポップな感じだ。ＬＥＤ《エルイーディー》グループの新曲といわれても納得してしまいそうな曲だった。

千々谷凜が客席におりる。何をするのかと見ていると、いきなり近くの客をグーでなぐりつけたので、下火は目が点になってしまった。

ステージ上では四人のメンバーが歌いはじめているのに、凜は客をなぐりつづける。自分から頬を差しだす者もいるが、大半は逃げまどっている。狭いライブハウスが洗濯機の中のように渦巻《うずま》く。

（この人たちは演《や》ってるんじゃない……殺《や》ってるんだ……！）

「あの、くぅちゃん……このお客さんは何が楽しくてここにいるわけ？」

顔をしかめたナズマがたずねると、国速は腕を組んだ。

「それは俺にもわからん。千々谷には俺も三回くらいブンなぐられたが、ふつうに痛かったからな」

「行かなきゃいいじゃん、そんなの」

「でもアイドルになぐられる機会なんてめったにないぞ。LEDの握手会行って『俺のことなぐってください』なんていってみろ。剥《は》がしにつかまって永久出禁《できん》にされる。それ考えたら、ダイダイのサービス精神はある意味、神対応《かみたいおう》といっていい」

「それがサービスならヤクザもサービス業だな」

アーシャが机に置かれた鍵盤《けんばん》を人差指でたたいた。

「だけど、ダイダイってふつうにパフォーマンスいいですよね。千々谷さん、歌うまいし」

「そうなんだよな」

国速がうなずく。「三曲に一曲はちゃんと歌ってるしな」

「ヤクザのカラオケ大会だってもうちょい暴力の比率低いよ」

国速は思いきり背中を反らし、椅子をきしませた。

「しかし沖津グリーンフェスタというと、二年前、世界が伝説のライブをやったイベントだな。いま考えると、世界がトップアイドルにのしあがるきっかけとなったのがあのときのパフォーマンスだ。そして今年、ポスト世界の一番手・ダイダイが出演し、その前座がコイツらってことは――」

「俺たちが二年後にはトップになるってこと？」

そう口にしたナズマの肩をアーシャがたたいた。

「ナズマは関係ないでしょ。私とアコチニウムがなるの」

「……誰が元素記号Ａｋだ」

国速が椅子から立ちあがり、首を曲げて音を鳴らした。

「よし、俺も本腰を入れてプロデュースしてみるか。ダイダイに恥《はじ》かかすわけにいかないからな」

「えー、やったー」

アーシャが跳《と》びあがり、はずみで本の山を蹴《け》たおした。

「じゃあさっそく特訓だ。ビシビシ鍛《きた》えるからそのつもりでな。と、その前に――」

国速がポケットからスマホを取りだした。「俺ちょっと音楽室に行ってくるわ。新曲のことで世界と打ちあわせだ。つづきは晩飯《ばんめし》食ったあとにしよう」

彼が去ると、部屋はしんとした。ナズマが開けはなたれていた窓を閉めた。

「俺、ライブ決まったことをネットにアップするよ。それ見てメロリリに入りたいって人が来るかもしれない」

アーシャが下火の手を引いた。

「私たちも世界のリハ観に行こう、デアコスティーニ」

「……誰が創刊号二九九円（税込）だ」

廊下に出るとひんやりしていた。学校が終わってからいままでずっとナズマとともにいたのだと、彼のもとを離れてはじめて実感した。いつもそうだった。大事な人をうしなってから、その大事さに気づく。もうやめにしたかった。本当はいっしょにいるあいだにいうべきことがあったはずだ。

下火はポケットから板チョコを取りだし、一口かじった。アーシャにも勧《すす》めてみるが、嫌な顔をされる。下駄箱《げたばこ》からローファーを出して三和土《たたき》に落とすと、靴も寮も砕《くだ》けたかのような大きな音がした。

「ではおまえたちにアイドルの心得《こころえ》を伝授する」

夕食のあとで部屋に集まった下火たちを前にして国速はそう切りだした。

みんな部屋着に着がえていて、下火は修学旅行の夜みたいだと思った。

ナズマは国速と同様に、Tシャツとスウェットパンツを身に着けていた。制服を脱ぐと体が細く見える。

アーシャは上下セットになったふわふわ素材のルームウェアを着ていた。大きなお尻がいっぱいにつまっていまにもはちきれそうだ。その横幅はベッドに置かれた低反発枕より大きく見える。

下火はいつものパーカーに下はショートパンツだった。パーカーの裾《すそ》をそのままにしていると何も穿《は》いていないように見えるので、内側に丸めこむ。

「心得その一――」

国速は椅子の上であぐらをかいた。「アイドルは恋愛禁止！」

「え～、それってＬＥＤと同じじゃないですか」

アーシャが体を左右に揺らし、ベッドをきしませる。国速はてのひらを額《ひたい》に当てた。

「ああ。だがこれはもうしょうがないんだ……。次の表を見てくれ」

許さない度	行為
輪廻《りんね》の果てまで許さない	不倫
死んでも許さない	熱愛発覚
絶対許さない	本番中に放屁《ほうひ》
許さない	飲酒・喫煙
ビデオ判定待ち	まだ弟とお風呂に入っている
むしろありがとう	ライブ中に失禁

「おわかりいただけただろうか」

タブレットの画面を示しながら国速がいった。

「あ、はい（いつの間に用意したんだ、こんな表……）」

下火はうなずいた。

「でも恋愛禁止っていっても好きになっちゃったらどうしようもないじゃん」

ナズマが同意を求めて同じベッドの上に座る下火たちの方を見る。「ねえ？」

「私は恋愛とかしないよ！」

アーシャが下火のそばに座りなおした。「友情の方が大事だもん。ねえ？」

「うん（断言してもいい……こういうやつに限って彼氏できたら友を見捨てる……）」

下火はアーシャの大きなお尻に押されてよろめいた。

「ナズマのいっていることはよくわかる。だがな――」

国速は天を仰《あお》ぎ、固く目をつぶった。「俺がアイドルを愛するように、アイドルにも俺を愛してほしい！　――それがファンの気持ちなんだ」

（なぜちょっと泣きそうなのか……）

下火は大きなあくびをしたあとで口をちゃぷちゃぷと鳴らした。

「次！」

国速はタブレットを机の脇の棚にしまった。「アイドルはアーティストぶるな！　観てる側が気ィ遣《つか》うんだよ！『本当はこういうのがやりたかったんです』とかホントやめろ！　特にソロデビューするとき！」

（よく見てんな……）

下火はスマホをいじった。

「次！　アイドルは何を着るべきか！」

国速がナズマを指差す。「ナズマよ、ＬＥＤの連中は何を着ている？」

「あれは制服……なのかな？　制服に似た何かだよね」

「そう、つまりやつらはクソを身にまとっている。ま、いってみればフンコロガシの幼虫と同類ですわ」

「分類が雑」

国速は椅子の上で中腰になった。

「沖津区アイドルはいつも着ている制服でステージに立つ。いくらＬＥＤの連中がチェック柄のスカートやブレザーふうのジャケットを身に着けようと、そこに制服が本来持つかがやきはない！　その制服を着て学校生活を送るアイドルたちの制服に対する愛着、彼らがその制服を着てすごした年月の重み、それこそが制服に真のかがやきをもたらすものなのだッ！　――あ、後半は故水野《みずの》ハルヲ先生による警察官の制服に関しての主張だった」

「何の話だ」

国速は椅子の上で立ちあがった。キャスターが転がるためふらふらと危なっかしい。

「アイドルたるもの、キャラは作るな！　キャラを作らねばアイドルになれないようなやつにはアイドルの資格なし！　アイドルがキャラを作るなど、最高にうまいカレー味のウンコを作ろうと努力するがごとき愚行《ぐこう》！　カレーが食いたきゃカレーを食う！　それが人の道！」

「私、カレー好き～」

アーシャが手をあげる。

「わかればよろしい」

国速はうなずき、椅子に座りなおした。

(こんなんでホントにアイドルなれんのかな……)

下火はパーカーのフードの紐《ひも》をひっぱって左右同じ長さになるよう調節した。

「さて、あとはメロリリの音楽性についてだが――」

国速は机に向きなおり、マウスを動かした。「アイドルの中にはひとつの音楽ジャンルにこだわる連中がいる。メジャーレーベルのやつだと、ぼっち・も～ちゃん・バビルサからなる三人組・Ｌｉｔｈｉｕｍは EDMだし、最近いきおいのあるBABYDOOMはドゥームメタルだ。こういうのは一般層に受けいれられる可能性を持っている。この場合の一般層っていうのはもっぱら、本当は若い女とか好きなのにそれを口にするのはかっこわるいと思っている自意識過剰《かじょう》なおっさんたち、つまりは自分の好きなものを好きだと口にする度胸《どきょう》すらねえカスどもだ。俺たちはそんなチンカスどもを一切相手にしない。高校生のアイドルファンたちが求める音を作りつづけていく」

「それって具体的にどういう感じの音楽なの？」

ナズマがたずねると、国速は手の中でマウスを転がした。

「速くて重くて、暴れられるやつだ」

「えらいざっくりしてんな」

ナズマが笑った。

「曲の方は俺が作るとして、問題は歌詞だな」

国速はふりかえった。「アコ、おまえ――」

「……はい？」

パーカーの左右の袖口を重ねあわせて片方の腕を袖から抜き、腕が一本しか入っていないのに二本入っているかのように見える状態を作っていた下火は、名前を呼ばれ、あわてて両の袖に腕をとおした。

「おまえ、ノートにポエム書きためてそうなツラしてんな。明日それ持ってこい。俺が曲をつける」

「あ、はい（……なぜバレたし）」

下火は先ほどの作業に没頭《ぼっとう》するあまりちょっとよだれがたれそうになっていたのを袖で押さえた。

アーシャがぎゅっとお尻を寄せてくる。

「えっ？　アコチン、マジでそんなの書いてんの？」

「あ、うん（これ以上掘りさげるのはよせ）」

下火はお尻をずらして離れようとしたが、アーシャはさらに距離をつめてくる。

「えっえっ？　ホントなの？　なんでそんなの書いてんの？」

「いや、まあ（何なんだよ。思想警察かよ）」

下火はパーカーの裾をつかみ、ぱたぱた動かして中に風を送った。嫌な汗で背中がびしょ濡れだ。

…
1
2
3

国速がてのひらを打ちあわせた。

「あ、そうだ。振付《ふりつけ》のことも考えなきゃな。俺、そっちはあんまり詳しくねえんだよなあ」

「私、できます！」

そう叫んでアーシャがベッドの上に立った。

脚をひろげて立つ彼女に押しのけられるかっこうでナズマがベッドの端に移動する。

「すごいな。さすがアーシャ」

「私のママ、ダンスの先生だから。ちょっと教わってきた」

アーシャは得意顔だ。

『グレイテスト・ヒッツ』のサビを踊るというので、下火は床に座り、ステージに見立てたベッドの上を見つめる。

「行くよ。まずはアンジャリ」

アーシャはてのひらを胸の前で合わせ、肘《ひじ》を張った。

「次にムスティ」

彼女は肘を張ったまま腋の下あたりで拳《こぶし》を握った。

「アンジャリ、ムスティ、アンジャリ、ムスティ——」

てのひらを合わせ、握る、という運動をくりかえす。「そして最後に……ヴリクシャーサナ！」

彼女は頭の上でてのひらを合わせ、片足立ちになった。

「待て。エキゾチックがすぎる」

国速は指で眉間《みけん》を押さえていた。

「いや、いいんじゃない？　個性的だよ」

ナズマが腕を組み、うなずいた。

（コイツ、何でも褒めるな……。褒《ほ》メロスか！）

下火は彼を横目に見た。（いや……褒メロスって何だ）

「個性的なのは認めるがなあ……」

国速は納得がいかないらしく、何度も首をひねる。

「俺も振付についてちょっと調べてみようかな」

「私もママからもっと習ってくる」

ナズマとアーシャにいわれて、国速は渋々《しぶしぶ》といった様子でうなずいた。

「よし、じゃあ今日のミーティングはこのへんにしとくか。お疲れ」

誰からともなく拍手《はくしゅ》が起こった。下火も袖に手を隠したままぽふんぽふんと打ちならす。

アーシャに背中を押され、廊下に出た。

「汗かいちゃった。アコチン、いっしょにお風呂《ふろ》入ろ」

廊下は静かで暗い。階上にあがれば、女子だけで気ままにやっているとはいえ、さっきまでの親密さにぎやかさとはくらべものにならないと思い下火は、あのさびしい部屋にもどりたくなくてわざとゆっくり歩き、背中を押すアーシャの歩みまで止めた。

翌日、学校が終わってから四人で沖津四季の森公園に出かけた。

沖津四季の森公園はふたつのオフィスビルと大学に囲まれたあたらしい公園だ。児童公園のような遊具はなく、緑の芝生がひろがる中を遊歩道が走っている。ビルの一階と二階に飲食店が並び、公園に面した部分はオープンテラスにしてあった。

「あそこが私の母校。沖津中」

アーシャが車道を挟《はさ》んで建つ校舎を指差す。

下火はこのあたりに来たことがなかったので、沖津駅の近くにこんな気持ちのいい場所があるのを意外に思った。高いビルに囲まれているが、空はあくまで高い。

「あそこにステージができるって」

ナズマが遊歩道と木に囲まれた芝生の広場を指差した。

メロリリの出演する沖津グリーンフェスタは沖津区の主催するイベントだった。園芸に関する出店やワークショップが目玉なのだが、どういうわけか夜になると沖津区アイドルがライブを行う。

「おととしの世界はマジでヤバかったからな。盛りあがりすぎて暴動寸前まで行ったんだ」

国速がテラスを見渡す。

「くぅちゃんも観てたの？」

「ああ。あんとき俺、暴れまくって靴片っぽなくしちまってな。帰るのたいへんだったわ」

芝生はところどころ剝げていた。小さな子供が三人、何が楽しいのかきゃあきゃあ声をあげながら走りまわっている。世界の出演したライブハウスよりずっと広く、ここに観客がつめかける様《さま》は想像できなかった。

広場のまわりの木々は枝に角灯《かくとう》を吊るしている。アーシャが口を開けて見あげた。

「私たち、出番は何時なの？」

「えーと……夕方六時だね」

スマホをのぞいてナズマが答えた。

「そのときこのランプ点《つ》いてるかなあ。点いてたらきっといい雰囲気《ふんいき》だよね」

アーシャは顔を上に向けたまま腕をひろげてくるりと一回転した。

「観客の度肝《どぎも》を抜くために、この木の上から登場するってのはどうだ？」

国速が木の幹を押して軽く揺らした。「木の葉をムシャムシャやってひとこと『ニンゲンタチ　モリ　ヨゴス』──そして、そこのコンビニに火を放つ！」

「主張と行動が矛盾《むじゅん》してないか？」

ナズマが反対から木を押さえて揺れを止めた。

（ゴリラ・リリック・アンド・チューン通称ゴリリリか……）

下火は一枚落ちた葉を足で払いのけた。

「よし、それじゃあはじめるか」

国速がポータブルスピーカーから曲を流す。本番と同じ雰囲気でリハをするためにここまで来たのだった。

飲食店と向かいあうウッドデッキの上で踊った。アーシャの家の居間とはちがって足音が高く鳴る。ウッドデッキは木の板と板のあいだにすきまがあって、足をひっかけないよう注意しなければならない。

通行人がものめずらしそうにこちらを見る。ナズマも離れたところから見ている。風が吹く。下火は自分を軽やかだと思った。どこへ行くのでもなく、どこかへ帰るのでもなく、ただ足を踏みならし踊っている。何もかも忘れて生きていってもいいのだと思いたくなる。

現時点での持ち歌二曲を踊ったあとで、アーシャが別の振付を見せるといいだした。

「こうやって人差指と中指を親指につけるの。これがカタカムカ。それを開いてパーにする。これがアラパドマ。腕をまわしながらこのふたつを交互にやる」

「……いいね、それ」

下火はアーシャの真似をしてやってみた。そのままだとつまらないので、手を動かしながら腕を交差させ、からみあわせる。

「おっ、ハンド・タッティングか。うまいな」

デッキ脇の段に腰かけた国速がいう。アーシャは目を丸くしていた。

「えっ、すごい。アコチン、いまのもう一回やって」

「……いいよ」

今度はフィンガー・タットも加えてみた。

「すごい。尾張はホント何でもできるな」

ナズマがいつの間にかデッキ際までもどってきていた。

ちやほやされて下火は、まるでアイドルみたいだと思った。そうやってちやほやするから女の子はかんちがいする。「アイドルになりたい」なんてことをいいだす。

家族でもないのにナズマは、アーシャは、国速は、下火をちやほやし、甘やかし、かんちがいさせる。不思議だった。彼らにそんなことをしてもらう根拠は何ひとつない。まだ知りあって一月《ひとつき》もたっていないのだ。軽やかに人と人とがつながっていく。下火の知らない、経験のないことだった。

メールが来た。パーカーのポケットに手を入れる。スマホの画面を見て、下火は目の前が暗くなるのを感じた。

下火ちゃん
もうそろそろママと会ってくれないかな
LEDにもどるなら早い方がいいと思うし

下火は最後まで読まずにそのメールを削除した。スマホの光が消えると目の前はいっそう暗くなった。足元のウッドデッキが波打っているような錯覚《さっかく》におちいる。

「……アコチン、アコチン、どうしたの」

アーシャに肩を揺さぶられ、下火は我に返った。

手の中でチョコバーがぐしゃぐしゃに融けていた。口のまわりにチョコがこびりつき、乾いて肌がひきつる。無意識のうちにチョコをむさぼり食っていたのだ。

「尾張、腹減ってんのか？　何か買ってこようか？」

ナズマに顔をのぞきこまれ、下火は膝からくずおれて地面につっぷした。彼の優しさが重苦しかった。高い空がのしかかり、重苦しかった。

ここにある命を重苦しいと思った。

「第三回メロリリ新メンバー募集、中間発表〜」

ナズマがいうと、下火《あこ》・アーシャ・国速《くにはや》の三人は気のない拍手《はくしゅ》をした。

国速のベッドに三人は並んで腰かけている。ナズマは椅子《いす》を回転させて彼らに背を向け、机の上のノートパソコンと向きあった。

「今回、新たに一人の応募がありました」

そう発表するが、反応は薄い。ナズマは十五分前に届いたばかりのメールをクリックした。

「え〜、応募してくれたのは……沖津《おきつ》区の飽浦《あくら》マリシタン泉子《いずみこ》さん。二日ぶり三回目の応募で〜す」

背後で長い溜息《ためいき》をつく者があった。ふりかえると、アーシャがベッドの上でひっくりかえっていた。

「もう……マリちゃんダメだっていったのに〜」

「やる気は買うんだがなあ」

国速が腕を組む。「個人的には、グループにロリメン加入させるのって終わりのはじまりだと思ってる」

「他には来てないの？」

仰向《あおむ》けのアーシャが顔をあげてナズマを見た。

「うん。あとはメロディ・リリック・アンド・チューンのリ、リッ、ク、がスペルまちがっているっていう指摘《してき》のメールだけ。沖津区の尾張《おわり》下火さんから」

「は？　どこまちがったんだよ」

国速が立ちあがりナズマの肩越しにパソコンの画面をのぞいた。

「Ｌｙｒｉｃって最後ｃなのに俺、ｋにしてた」

「Melody, lyrik and tune……ホントだ」

「どうしよう。Ｗｈｉｔｔｅｒ《フィッター》のアカウントとかも全部まちがってんだけど」

「うーん……まあいいんじゃねえの？　綴《つづ》りをかえといた方がアメリカ進出したとき商標取りやすいしな」

「アメリカンドリーム来たな」

「先輩、あと――」

アーシャがうつぶせになって頬杖《ほおづえ》を突く。「Ｌｙｒｉｃって『歌詞』って意味にするなら複数形にしなきゃダメですよ」

「え？　リリック……リリックス……ふつうリリックっていわねえか？」

「でもアメリカ進出したら笑われちゃうと思います」

「は？　行くかよ、アメリカなんか。渡米している間に国内のプロモーションがお留守になって人気ガタ落ち、アメリカでも特にヒットせず終了――完全に死亡フラグじゃねえか」

「アメリカンドリーム終わったな」

ナズマはノートパソコンを閉じた。

下火が静かなのでそちらに目をやると、パーカーのフードをかぶってうつむいている。先週、沖津四季の森公園に行ったときから彼女はおかしかった。いつも無口で無表情で何を考えているのかわからないが、ここのところはいっそう心を閉ざしているように見えた。彼女には秘密がある。それが彼女を悲しませている。その秘密をいつか解きあかし彼女を悲しみから救うことができるとナズマは根拠もなしに思っていた。

「じゃあアーシャの妹はどうしよっか」

「とりあえず今後のご活躍をお祈りするメール送っとけ」

そう答えて国速はベッドにもどっていった。

「新メンバー、マジでどうするの？　本番まであと一週間しかないんだよ？」

アーシャが体を起こして脚《あし》を座禅《ざぜん》のように組む。紺色《こんいろ》のソックスを履《は》いた足裏が柔らかな隆起をあらわにし、太腿《ふともも》は足に圧迫されて張りつめた。

「最悪、二人でやるしかないよね」

ナズマがいうと、国速がうなずいた。

「ダンスのフォーメーション、二人用のも考えておく必要があるな」

今日が月曜で、来週の木曜がグリーンフェスタの最終日だった。誰も応募してこないのはまだ新一年生に心の準備ができていないからなのだとナズマは考えた。百合香《ゆりか》はライブで「いますぐやれ」といった。だがおこなうは難しだ。高校生活になじむのにも一苦労だというのに、アイドルなんてはじめる余裕はない。そこを平気でやってしまうのがやはり下火とアーシャという選ばれし者たちでナズマは、むしろ他の者が尻《しり》ごみして応募してこないのを誇《ほこ》りにも思っていた。

ミーティングが終わり、それぞれの仕事にかかる。

下火は国速といっしょに新曲を作った。彼女が自分のノートから気に入ったフレーズを読みあげ、それに国速がメロディをつけて一曲にまとめあげる。

そこにナズマが立ちあうのを下火は嫌がった。そのためナズマは中庭でアーシャのダンス練習を見る。

アーシャは制服から学校のジャージに着がえていた。傾きかけた日を浴び、髪を亜麻色《あまいろ》に染めて踊る。中庭は西に向かって開いていて、自分の部屋の窓に腰かけたナズマの目には彼女に後光が差して見えた。

世界のダンスとはちがいアーシャの振りつけた踊りは、腰を深く落とし、足の裏全体で地面を踏みしめる奇妙なものだった。ナズマはそれでいいと思った。メロリリは誰の真似《まね》もしなくていい。うつくしいアーシャの踊りはきっとうつくしいだろう。それに、その力強く泥《どろ》くさいステップは木に囲まれた、風の吹きぬけるステージでおこなわれるライブによく似合いそうな気がした。

ライブといえば、演出も考えなくてはならない。客をなぐるＤＩＥ《ダイ》！　ＤＩＥ《ダイ》！　ＯＲＡＮ《オレン》

GE《ジ》！　にインパクトで勝るにはどうすればいいのか。この一週間、ナズマの頭の中はそのことでいっぱいだった。

それにしても、ダンサーとしてのアーシャは下火よりずっと劣って見える。自転車に乗れないほどの運動音痴《おんち》であるせいかもしれないがナズマには、その大きなお尻が原因であるように思われた。彼女のお尻は横幅もすごいのだが、後方やや斜《なな》め上に向けていきおいよく突きでていて、歩くときなど盛大に揺すって歩くものだから、学校ですれちがう男子はそれに見とれてロッカーなどに激突してしまう。彼女自身もそれに振りまわされているのか、少々動きがトロかった。

制服のスカートを穿《は》いているときでもその大きさは充分目立つのだが、ジャージに着がえるとそれはいっそう顕著《けんちょ》で、特にお尻を突きだすような動きはしていないのに、生地《きじ》が張りつきパンツのラインが浮かびあがって丸い臀部《でんぶ》を斜めに走る。彼女にいわれて撮影しているナズマは無意識のうちにそれを追ってしまい、あわててスマホを向けなおすことがしばしばだった。

いまある曲をすべて踊りおえてアーシャはナズマのもとにやってきた。ジャージの上着を脱ぎ、Tシャツ姿になる。

「ちょっと見せて」

ナズマのスマホをのぞきこみ、動画で自分のダンスを確認する。「よし。まちがえないで全部踊れるようになってきた」

Tシャツに染《し》みこんだ洗剤の香料が汗《あせ》に蒸されて甘くにおいたった。草を踏んだような青い香りもほのかに混じる。

「あとは歌いながら踊れるようになればバッチリだな」

「それができればアイドル極《きわ》められるね」

「極めるも何も、第一歩なんだが」

アーシャはとなりの窓に目をやった。

「向こう、静かだね」

「うん」

ナズマは窓枠《わく》に腰かけたまま身を乗りだして国速の部屋をのぞこうとした。中は暗く、レースのカーテンしか見えない。

「アコチンコ何やってんのかな。ちょっとのぞいてみよう」

「チンコっていうな」

アーシャはしゃがみこみ、お尻を振り振りアヒルのように窓の下まで行った。

「ナズマンコも来なよ」

「その呼び名はマジでやめろ」

ナズマも窓の桟《さん》から飛びおりて彼女につづく。ふたりで示しあわせてそっと腰を浮かせ、中をのぞきこんだ。

カーテンが閉まったように見えた。灰色《はいいろ》の布に視線がさえぎられる。

「……全部聞こえてるんだが」

下火が窓の向こうでふたりを見おろして立っていた。カーテンと見えたのは彼女のパーカーだった。

「わあっ」

ふたりは同時に声をあげ、同時に尻餅《しりもち》をついた。

下火は苦々しげな顔でそれに一瞥《いちべつ》くれると、本当にカーテンを閉めてしまった。

ナズマはアーシャを見た。彼女が自分と同じ、情けないかっこうで座りこんでいるのを知って、思わず笑った。彼女も笑った。

ひとしきり笑ったあとで、地面に突いた手の触れる柔らかいものが彼女の指であることに気づいた。おかしなものがあると思いひとしきりいじったあとだったので、ナズマは恥《は》ずかしくなった。

「あ、ごめん……」

あわてて手をひっこめる。

アーシャもわずかに手を引いた。くすぐったがっているような、涙をこらえているような、不思議な表情を浮かべていた。

ナズマは立ちあがり、ズボンについた草を払った。

「何か飲み物持ってくるよ。何がいい？」

「麦茶」

アーシャは脚のあいだの草をつまんでぶちぶちとむしった。

ナズマは窓から自分の部屋に入った。てのひらに芝《しば》の突きささる感触が残っていた。咎《とが》められているようだった。手をこすりあわせると、青い香りがただよった。

部屋を出ると玄関に一人の女性が立っていた。受付カウンターのチャイムを何度も押していて、そのたびに廊下の奥から空《むな》しくチャイムの音が返ってくる。

「管理人さんはいませんけど」

ナズマは声をかけた。この寮の門番をするのがたった二人しかいない男子の役割だ。

相手は彼に目を向け、ほほえんだ。

「お留守なんですか?」

「さっき買い物に行きました」

第一印象では若いのかと思ったが、声を聞くとナズマの母とそうかわらない年齢のようだった。丸襟《まるえり》のカーディガンに長いプリーツスカートを合わせていて、手には高級そうなハンドバッグを持っている。セールスという感じではないし、近所の人が訪ねてきたというふうでもない。

「何か御用ですか」

ナズマは相手が只者《ただもの》ではないと思い、国速の金属バットが欲しくなったが、取ってくるのも変なので、窓から入ったときに脱いだ靴を体の前に出して盾《たて》代わりにした。

相手はゆったりとお辞儀《じぎ》をした。

「私、尾張下火の母でございます」

「えっ……あっ、どうも」

ナズマはギクシャクと頭をさげた。

下火の母親だという人は、娘とそれほど顔は似ていないが、背が低いところとその割に意外と胸が大きいところに共通点があった。誰にも寄りかからない、ちょっと近寄りがたい雰囲気《ふんいき》があるところも似ていた。目元の涼やかな人だった。

「僕、吉貞《よしさだ》ナズマといいます。尾張さんとはクラスもいっしょで、住んでるとこもいっしょです。そこ、僕の部屋です」

ナズマはいま出てきたドアを指差した。下火の母はくすっと笑った。

「いつも娘がお世話になっております」

アイドルのことは口に出せなかった。遊びでやっているつもりはなかったが、遊びだと思われても仕方がないことだとは理解していた。

「いま尾張さん呼んできます」

そういってナズマは国速の部屋のドアをノックした。

細くドアが開かれ、中から国速の片目だけがのぞいた。

「くぅちゃん、あのさ――」

「何だよ。オメエさっき『中見るな』っていわれたよなあ。見ちまったからには特製反物《たんもの》のプレゼントキャンペーンは終了させていただくぜ」

「いや、そんなんいいからさ――」

ナズマはドアのすきまに顔を近づけ、声をひそめた。「尾張のお母さんが来てんだよ」

「何？」

国速はドアを開き、ひょいと顔を出した。下火の母を見てすぐに頭をひっこめる。

「おい、あれ焉藤結衣《えんどうゆい》じゃねえか。アコのカーチャンってマジかよ」

「知ってる人？」

「おまえ知らねえのかよ。テレビによく出てる有名な料理研究家だぞ。おまけに美人で巨乳だ。俺のめちゃシコランキング十二～六十五歳部門で第三十七位にランクインしている」

「他の部門だいじょうぶか、それ」

「俺、あの人の写真集持ってんだよ。おいナズマ、ちょっと行ってサインとパイ拓《たく》もらってきてくれ」

「はじめましてでするお願いじゃねえぞ」

戸口でぼそぼそ話していると、中から下火がやってきた。

「……どしたの？」

「あ、あのさ――」

ナズマはドアのすきまに手をつっこんで引きあけた。「お母さん来てるよ」

「えっ……」

下火の顔が強張《こわば》った。

「アコちゃ～ん、いるの～？」

下火の母が大声をあげる。それを聞いた下火は身震いし、踵《きびす》を返して本の山を踏みこえ、窓を開けて外へ飛びだした。

「アコチン！　どうしたの！」

アーシャの声にも応《こた》えず靴下のまま芝生《しばふ》の上を走っていく。そのうしろ姿が小さくなっていくのをナズマは呆然《ぼうぜん》と見ていた。

国速が窓から吹きこむ風に乱れた髪を手で直した。

「何だアイツ……やっぱ『ニンジャ・アイドルズ』でいけたんじゃねえの？　それか『ニン・ジャイレクション』か」

ナズマは玄関に引きかえした。

「あの～、すいません。尾張さんはちょっと――」

下火の母に報告しかけたとき、管理人が帰ってきた。

「あら、ユイさん？」

「お義姉《ねえ》さん、ご無沙汰してます」

頭をさげる下火の母とナズマを管理人は交互に見た。

「ナズマくん、アコは？」

「あの……逃げちゃいました。窓から」

「追いかけて」

管理人の顔からいつもの柔和《にゅうわ》さが消えた。

「追いかけて連れてきて、いますぐ。ほら、ダッシュ」

「は、はいっ！」

玄関に殺気がほとばしるのを感じてナズマは自分の部屋にもどり、窓枠を乗りこえた。

「ナズマ、アコチンどうしたの？」

靴を履いているところにアーシャがたずねてくるので、

「いいから追え！」

と指示する。アーシャは先行したが、ケツがデカいせいか走るのもトロく、走りだしたナズマはやすやすと彼女をとらえ、追いこした。


下火を連行してもどったナズマを国速が窓枠に頬杖突いて出迎えた。

「脱獄囚《だつごくしゅう》のお帰りだ。どこまで逃げた？　椙山《すぎやま》区に入ったか？」

「バス乗るとこだった。渋皮《しぶかわ》駅行きの」

ナズマは荒い息の下で答えた。

バスの乗車口でつかまえたとき、抵抗されることをナズマは覚悟していたのだが、下火は素直に身を委《ゆだ》ねた。ただ悲しみを湛《たた》えた目でナズマを見るだけだった。胸がつまった。

「も〜、疲れた〜。アコチン速すぎ〜」

途中スタミナ切れで芝生の上にたおれていたアーシャがようやく回復したのか、よたつきながらやってくる。

「おまえが遅すぎんだよ。ハムストリングスが練り消しでできてんのか？」

国速が笑った。

下火は窓からナズマの部屋に入った。靴下が汚れているので脱ぐ。草や砂がついていた。片方ずつ左右の手に持つと、手は長い袖《そで》の中に隠れて、パーカーと垂《た》れさがる靴下が一体になって見える。裸足《はだし》の爪《つめ》が小さかった。

廊下に出ると管理人が待っていた。

「アコ、私の部屋にお母さん待たせてあるから」

「おばさん――」

ナズマは下火をかばうように立ちふさがった。「僕らも同席します。尾張のお母さんが尾張と会いたいっていうなら、それが条件です」

下火がそれを望んだのだった。ナズマに連れられてバスからおりたとき、彼女は「あの人と会うとき、いっしょにいてほしい」と彼にささやいた。靴下を履いただけの足で道に立つ彼女は痛々しいとナズマは思った。分厚くてぶかぶかのパーカーはその痛々しさから彼女を守ってはくれない。

「おい、その僕らってのは俺も含んでんのか？」

部屋のドアを開けて国速が顔を出した。ナズマはうなずく。

「そうだよ。だってプロデューサーだろ？」

「ねえ、私は？」

アーシャが国速の背後から顔をのぞかせる。

「アーシャもだよ。同じメロリリのメンバーだからな」

ナズマがいうと、アーシャは首を伸ばしてジャージのファスナーを一番上まで閉めた。

「じゃあ食堂にしましょう」

そう管理人がいい、自分の部屋に入っていった。

食堂のテーブルにナズマたちは並んで座った。下火は横を向いていた。彼女には大きすぎるスリッパを脱ぎ、その上に裸の足を置く。

厨房《ちゅうぼう》に通じるドアが開き、下火の母とお茶を運ぶ管理人が入ってきた。下火の母は娘に目を留める。

「アコちゃん、お父さんのパーカー着てるの？　ちょっと大きすぎるんじゃない？」

ドアの方を向いていた下火は座りなおして母に背を向けた。

「……あなたには関係ない」

母に背を向けたことで彼女はナズマの方を向くかっこうになった。小さな足の指が冷たい床にこわごわ触れるのをナズマは見た。

管理人がティーカップをそれぞれの前に置いた。誰も手をつけようとしない。下火の激情に食堂の空気は張りつめていた。ナズマにはなぜ彼女がここまで母親を拒絶するのかはわからなかったが、彼女の支えになりたいと願った。それが自分を頼ってくれたことに対する答えだった。

「僕、尾張さんのマネージャーをやっている吉貞ナズマといいます。尾張さんはメロディ・リリック・アンド・チューンというアイドルグループのメンバーです。そこにいる飽浦《あくら》グンダリアーシャ明奈《はるな》さんもいっしょです」

アーシャが弾《はじ》かれたように立ちあがり、下火の母にお辞儀する。下火の母は会釈《えしやく》を返しながらもやや怪訝《けげん》そうな顔をしていた。

「アイドルグループっていうのは……地下アイドルか何か？」

「地下アイドルというアイドルはいないッスよ」

国速がカップの紅茶をすする。「どんなアイドルにも、アイドルってだけで恩寵《おんちよう》の光が当たります。地上とか地下とか、そんなの関係ないんですよ」

この重たい空気の中でいつものめんどくささを発揮《はつき》する国速はさすがだとナズマは思ったが、それをほほえみで受けいれてみせる下火の母もさすがだった。テレビに出ているというだけのことはある。彼女の存在感が場を侵《おか》しはじめていた。

彼女は立ちあがり、ハンドバッグの中から名刺《めいし》入れを取りだした。

「焉藤結衣と申します。よろしくお願いいたします」

本気なのか、お仕事ごっこなのか、名刺を手渡され、ナズマは困惑《こんわく》した。こちらには与えるものが何もない。マネージャーを名乗ったことがすこし恥ずかしかった。

下火の母は椅子に腰かけ、下火にまっすぐ視線を浴びせた。

「アコちゃん、今日私が来たのはね、ひさしぶりにあなたの顔を見たかったのと、またいっしょに住もうっていいたかったからなの」

「……自分から出ていったくせによくいうよ」

下火がナズマの方を向いたままいった。ナズマは母娘の板挟《いたばさ》みになったようで居心地が悪かった。

「あのころは仕方なかったのよ。お仕事が急にいそがしくなったから。でもいまはちがう。お仕事の量をコントロールできてる。それに……お父さんが亡くなってアコちゃんひとりぼっちだもん。母親としては放っておけない」

「……あなたを母親だと認めたおぼえはない」

下火は冷たく答えた。

彼女の父親が死んだということをナズマははじめて知った。彼女の着ているパーカーはその父親のものだという。だとしたらそれは彼女にとって深い意味があるはずだ。そのパーカーを評していいおしゃれだなんていってしまったことをナズマは後悔した。

下火の母は娘に切々と語りかける。

「いまは伯父《おじ》さん伯母《おば》さんのお世話になってるからいいけど、これから先いろんなことがあると思う。そんなとき、助けになるのが家族よね。お父さんが亡くなって、もう家族は私とアコちゃんのふたりだけなんだから、力を合わせて生きていかなきゃ」

「……私にはもう家族はいない」

下火は暗い目で食堂の入口の方を見ていた。

「力を合わせればＬＥＤ《エルイーディー》にももどれる。私から事務所の方にお願いしておくから。いっしょに暮らせば、そうやってアコちゃんのこと応援してあげられるのよ」

下火の母のことばにアーシャと国速が顔を見合わせた。

「ウソ……アコチンが……？」

「ＬＥＤ……？」

下火の母はふたりにほほえみかけた。

「アコはＬＥＤの研修生なんです。オーディションには受かったけど、本採用はされてません。いまはちょっとお休みしているんです」

ナズマは下火を見た。うつむき、小さくなっている。ＬＥＤのことは写真でしか見たことがないけれど、みんないつも笑顔で溌剌《はつらつ》としていて、下火とはちがった。下火は、ちがうから下火だった。

下火の母はナズマも思わず見とれてしまうほどの優しい笑みを浮かべて下火を見た。

「アコちゃん、ちょっとのブランクはすぐに挽回《ばんかい》できるよ。またアイドル目指してがんばろう。アイドルは私たちの夢だったでしょ」

「勝手なことをいうな！」

下火が立ちあがり、声を張りあげた。「あんたの夢じゃない、私とお父さんの夢だ！　あんたなんかと夢を共有したおぼえはない！」

ティーカップを手に取り、中身を母親にぶちまける。胸に紅茶を浴びた下火の母は悲鳴をあげて立ちあがった。

「アコ！」

管理人が怒鳴りつけると、下火は椅子を蹴《け》たおして食堂から出ていった。

ナズマは彼女を追いかけた。体が勝手に動いた。

廊下に出ると、スリッパが脱ぎすてられて裏側を見せていた。ぺたぺたと裸足の足音がする。角を曲がると下火の背中が見えた。走って階段の方に向かっていく。

「尾張！」

ナズマの呼びかけにも彼女は応えなかった。階段をかけのぼる彼女にナズマは、階上が男子禁制の領域であることを思いだし一瞬躊躇《ちゅうちょ》したが、思いきってついていくことにした。

二階にあがると、多目的スペースの真上に当たる場所にソファが置かれていた。二、三年生の女子たちが座ってお菓子を食べている。彼女たちは女子の園に侵入してきたナズマを見て、お菓子を喉《のど》につまらせたような顔をした。

二階と三階のあいだにある踊り場をすぎると、下火の背中が見えた。

「アコ、待てよ！」

ナズマは夢中で叫んだ。

ずっとその名を呼びたいと思っていたのだった。いつも着ているパーカーが彼女の小柄さを強調してよく似合うように、下火という名前は彼女のはかなさ、さりげなさ、うつくしさそのものを名づけたかのようにふさわしい。誰かから与えられたものであるとしても関係なかった。

下火は階段の途中で足を止めた。

「アコ、どうしたんだよ」

ナズマが声をかけると、彼女はゆっくりとふりかえった。彼女は泣いていた。あいかわらず無表情で、顔をゆがめるでもなく、しゃくりあげるでもなく、静かに涙をこぼしている。彼女の中でたまっていたものがもっともうつくしく脆《もろ》い部分を破ってあふれでていると思った。

「アコ、泣くな。泣くなよ」

ナズマは彼女のいる段のひとつ下まで踏みのぼった。ひとつ上にいても彼女の背はナズマに届かなかった。それは特別にナズマのためにあつらえられたような高さだった。

ナズマは彼女の肩をつかみ、そっと抱きよせた。ずっとその体に触れたいと思っていたのだった。はじめて会った日のようにアクシデントで接触するのではなく、そっと優しく触れたかった。パーカーの下に隠された体がほっそりとしていることはわかっていた。それを確かめるのではない。ただ自分の手の感触、体の熱を彼女に伝えたかった。

「俺、前にいったよな。いってくれれば俺がやるって。つらいことがあるなら俺にいってくれ。俺が何とかする。かならず何とかするから」

彼女が涙に濡《ぬ》れた顔をナズマの肩に押しつけた。小さな手がナズマの背中にまわり、ブレザーをきつくつかむ。背中とブレザーのあいだにすきまが生じた。ナズマはすきまだらけだった。彼女をもっとしっかり抱きしめる太い腕、たくましい体が欲しいと思った。いまのままではすきまだらけで、彼女がすりぬけてどこかへ逃げていってしまいそうだ。

「……私が全部悪い」

彼女がナズマの肩に顔を埋めたままいった。

「えっ？」

「……私がお父さんを殺した。全部私のせいだ」

吐息《といき》が肩に沁《し》みて熱い。

「殺した……？」

「……私が『早く帰ってきて』っていったから。誕生日、ケーキ焼いて待ってて、遅いから電話で『早く帰ってきて』って。そしたらお父さん、バイクで仕事から帰る途中で転んで、それで――」

ナズマは天井を見あげた。

これが彼女をかたくなにしていたのだ――父親の死。それをただ悲しむのではなく、自分の責任と感じている。

「……私があんなことといわなければお父さんは死なずに済んだ。『早く』なんていわなければ、スピード出しすぎなかった。お父さんが帰ってくる前に寝てたら、誕生日じゃなかったら、会いたいなんて思わなかったら――」

「それは……それはちがうよ」

下火は悪くない、といいかけてナズマは思いとどまった。自分を責めても何にもならない、

というのは簡単だが、実際には何かになる。ナズマがそうだった。音楽を聴くと幻《まぼろし》が見える自分を責め、さげすんだ。いまになって考えれば、自分が壊れそうにはなったが、他を壊さなくて済んだともいえる。きっと人は誰でもこんなゆがんだかたちで心のバランスを保っているのだ。

「もしお父さんの亡くなったのがおまえのせいだとして、俺はそれでも別にいい」

ナズマは彼女の背中に手を当てた。「おまえが悪いんだとしても、俺は構わない。お、お、おまえなら悪くてもいい。アーシャとくぅちゃんもたぶん同じことをいうと思う」

彼女はナズマの肩にいっそう強く顔を押しつけた。

ナズマの目の高さに三階の廊下があった。

「座ろっか」

ナズマの提案に、下火は顔をあげた。

一番上の段に並んで腰かける。下火は裸足だった。もともと小さい足がリノリウムの上でさらに縮《ちぢ》こまって見える。

「これ、履く?」

ナズマはスリッパを脱いで下火の足もとに押しやった。彼女が足を入れると、かかとの部分があまった。

「アコのお母……いや、あの人さ、有名人なんだな。俺、テレビ観ないから知らなかったけど」

「……あの人は元グラビアアイドル。全然売れなかったけど」

下火はパーカーのポケットからアーモンドチョコを出して一粒かじった。

「へえ。じゃあ途中で路線変更したんだ」

「……三十すぎてから料理研究家を自称しだして、そしたら急に売れた。家では料理とかしたことないのに」

下火はしきりに目元を袖で拭《ぬぐ》うが、涙はもう止まっていた。

「てことは、才能あったんだろうな」

「……あの人が出ていってからお父さんはずっと泣いてた。いくら才能があってもそれが人を傷つけるなら、そんな才能いらない」

チョコを食べて彼女は元気になってきたようだった。抑揚《よくよう》がなくてすこし辛辣《しんらつ》ないつもの口調を取りもどしつつある。

ナズマは下火のパーカーを指差した。

「そのパーカー、お父さんのなんだな。すごいいっぱい持ってるから、よっぽど好きなんだなって思ってた」

下火はうなずく。

「……お父さんが集めてた」

「お父さんも芸能関係の人？」

「……美容師」

「へえ。カリスマ？」

「……うん。カリスマ」

謙遜《けんそん》もなしにうなずくので、ナズマは笑ってしまった。下火が思いだしたようにチョコの箱を差しだしてきた。

「……これ、食べる？」

「ああ、うん。ありがと」

ナズマは一粒取って口に入れた。はっとするほど甘かった。体が求めていたのだと感じた。

「アコは……LEDにいたんだな」

「……うん。ごめん、黙ってて」

下火がうつむいた。

「いや、いいんだ。俺は他のみんなとちがってLED嫌いとかじゃないから」

「……ずっとアイドルになりたいって思ってた。小さいころから歌うのが好きだったから。それに——」

下火は顔をあげ、踊り場の壁を見つめた。「お父さんが私の髪を切るといつも『かわいいね。アイドルみたいだ』っていってくれたから」

ナズマは下火の横顔を見た。飾り気のない髪を見た。肩口の縫《ぬ》い目がすこしほつれたパーカーを見た。彼女を形作るすべてのものに悲しみが染みついていた。

「もうLEDにはもどらないのか？　研修生っていうのをつづけてれば、本物のLEDになれるんだろ？」

「……もどらない」

下火は生地の感触を確かめるように袖を頬に当て、軽くこすった。「……去年、お父さんが死んで、そのすぐあとに研修生を辞めた。あのとき歌ったり踊ったりするのは無理だった。これからもずっと無理なんだって思った。それでたくさんの人に迷惑をかけた。だからもうもどれない」

「でもあの人……お母さんはもどれるって」

「……あの人の世話にはなりたくない」

下火は唇《くちびる》を固く引きむすんだ。そのかたくなな横顔をナズマは見つめた。彼女がかたくなであればあるほど、そのうつくしい横顔を長く見ていられると思った。

「俺は本当の夢なら手段を選ばずにかなえるべきだと思う。相手が嫌な人でも、しょうがないよ。特にアコの夢は選ばれた人しかかなえられないものだから、チャンスがあれば逃しちゃいけない」

下火は答えない。

「俺にも夢があった。中学時代はめちゃくちゃだったから、高校に行ったら平凡で穏《おだ》やかなふつうの学校生活を送りたいってずっと思ってた。だから、夢が大事だってことはよくわかる」

ナズマがいうと、下火が顔をのぞきこんできた。

「……暴力と貧困がはびこる街の中学校で喧嘩《けんか》と犯罪とＭＣバトルに明けくれていたとかいう話？」

「そういうことではない」

いつも無口で無表情なのにときおりこうして突拍子《とっぴょうし》もないことをいうのが下火の不思議なところだ。

「俺、小学校中学校と、問題児だったんだ。教室からすぐ出ていっちゃうようなやつで、先生にも放っとかれてる感じで、友達もいなかったし、そういう意味でふつうになりたいって思ってた」

「……学年ビリのナズマが一年で偏差値を四十あげてカス高に現役合格したとかいう話？」

「そういう実話を元にしたストーリーではない」

夢はかなったのだった。

ナズマは目立たないふつうの生徒になった。もう授業中に教室から逃げだすこともない。国速とも再会した。昼も夜もいっしょにいて、くだらないおしゃべりをしている。

みながうらやむようなかわいい女の子たちと友達になれた。下火もアーシャも中学時代なら声をかけることすらできなかっただろう。

アイドルのマネージャーにもなった。人の輪《わ》の中で役割を与えられるなんてはじめてのことだった。

夢はかないすぎた。かないすぎた夢が夢を裏切る。

「俺はアコの歌、好きだよ」

マネージャーとして、いわなければいられなかった。「おまえがＬＥＤに入ったらおまえの歌が日本中で流れるんだよな。俺はそれを見てみたい。他のメンバーがおまえといっしょに歌ってても、俺はおまえの声、ちゃんとわかるから」

街中で、日本中で、彼女の歌声の生む幻が舞う。目に浮かぶようだった。彼女の歌声が世界を幻の光で包む。たとえそうなっても、その幻を見ることができるのはナズマだけだ。そのことを誇るべきではないのかとナズマは考えた——たとえ彼女とともにいられなくなっても。

下火がナズマを見た。真っ赤な目はまだ濡れているようだった。

「……LEDにもどれっていうの？」

「うん——」

ナズマはうなずいた。「それがアコの夢なら」

「……もう会えなくなる」

下火が見つめてくる。ナズマはうなずいた。

「わかってる」

夢は終わろうとしている。「でも夢のためなら、そうしてほしい」

涙が出そうになりナズマは、強《し》いて笑顔を作った。

「さっきのアレ、ひどかったな。紅茶ぶっかけるとか」

「……実は前からちょっとやってみたかった」

下火は息をつき、目をこすった。

「リアルで見たのははじめてだわ」

「……私も」

「あんなんしたらくぅちゃん怒るぞ。あの人、お母さん大好きだから。俺も一回怒られたことある」

「……そうなの？」

「うん。むかし、くぅちゃんがうちに遊びに来たとき──」

ナズマの話は「へぶしっ」というくしゃみでさえぎられた。階下から声が聞こえる。

「ユリカさん、くしゃみをするのは話の流れ的に俺の方では？」

「うるさい黙れ。いまいいところなんだから」

「うるさいのはそっちじゃないですか」

ナズマと下火は顔を見合わせ、立ちあがって階段をおりた。

二階には百合香と国速、そして寮に住むほぼすべての女子たちが集まっていた。みなの視線がナズマと下火に集まる。

「くぅちゃん……何やってんの」

「俺はおまえが男子禁制ゾーンに入ったから心配で見に来たんだ。ユリカ先輩にぶっ殺されるんじゃないかと思ってな」

国速が百合香に目を向ける。「はたして先輩の判定や如何《いか》に！」

「うーむ、吉貞ナズマ……通行を許可する！」

腕を組み、眉間《みけん》に深いしわを寄せていた百合香がにっこり笑った。「やりとりが甘酸《あまず》っぱいから許可！　甘酸っ通行許可《パパ》証《ス》が発行されました！」

他の女子たちは「通行許可《パ》証《ス》が出たんじゃあ仕方ないな」とうなずきあう。

下火が階段の上からアーシャを見おろした。

「……あの人、まだいる？」

アーシャは国速の背後に隠れるようなかっこうで立っていた。

「う、うん……。おばちゃんとしゃべってると思う」

いつもハキハキしゃべる彼女が消えいりそうな声で答えた。

下火は階段をおり、ふりかえってナズマを見た。

「……行って話してくる」

「うん。がんばれ」

ナズマがいうと、下火は小さくうなずいた。

野次馬《やじうま》たちが彼女に道を空《あ》ける。誰も彼女と目を合わせようとしない。

ナズマは下火の涙で濡れた肩に触れた。彼女の残していったぬくもりが消え、やがて乾いていくと思いナズマは、いっそいますぐなくなってしまえとばかりにブレザーの生地をきつくつかんだ。

下火がいないのをナズマは何度も見た。

学校にいるときは、授業中でも休み時間でも、下火が気になってついつい目を向けてしまうのだが、そうすると彼女は決まって迷惑そうな顔をするので、ナズマはなるべく見ないようにしていた。だが今日は下火がいないので彼女の席の方を何度も見てしまう。いないのに見てしまう。

下火は学校を休んだ。

母親が訪ねてきた日の夜、下火はナズマたちを国速の部屋に集めた。

「……私、ＬＥＤにもどることにした」

彼女がそう口にすると、アーシャが床に積んである本を蹴飛ばしてつめよった。

「アコチン、どういうこと？　この際、元ＬＥＤってことはいいよ。過去のことだから。でもどうしてＬＥＤにもどるの？　ＬＥＤはクズだって私もアイドルの人たちもいったよね？　どうしてわからないの」

「……ＬＥＤはずっと私の夢だった」

下火はうつむき、いつも以上に小さく見える。

「じゃあアコチンは私たちの話を聞いてずっと心の中で否定してたんだね、表向きはうなずいてさ。それって裏切りだよ。私や沖津区アイドルに対する裏切り」

「……ごめん」

下火の声は小さく、アーシャのつく荒い息にかきけされそうだった。

「もう私、アコチンとは友達じゃない。メロリリも解散だね。音楽性のちがい、アイドル観のちがいが原因だ」

国速が積みなおした本をふたたび蹴飛ばして出ていこうとするアーシャの背中に、下火が声をかける。

「……私はアーシャがアイドルを好きなのと同じようにアイドルが好きだったよ」

アーシャは応えず、ドアをたたきつけるように閉めて去っていった。

「LED《つみ》を憎《にく》んで中の人《ひと》を憎まずってのはむずかしいもんだな」

国速が散らばった本をふたたび積みあげながらいった。

ナズマは窓際に立つ下火のそばに寄った。彼女の顔には血の気がなかった。

「アコ、お母さんと住むことに決めたのか」

「……うん」

下火はうなずいた。あれから暗くなるまで彼女と母は話しあったのだった。

「じゃあ……この寮を出るのか」

「……来月には引っ越す」

「学校は？」

「……私立のどこか。あの人がさがすって」

自分で提案したことなのに、話が決まってみると後悔の念が湧《わ》いた。ふつうの生活を送るのが夢だった。放課後、国速の部屋に行けば下火がいてアーシャがいるというのは、夢の完成型だといえた。前言をひるがえしてここにいてほしいと下火にお願いするのもかっこわるいことではないとナズマは思った。一度つかんだ夢にしがみついて何がいけないのだろう。

「……ナズマ、いままでありがとう」

下火にいわれてナズマはあふれそうになった涙をこらえた。

「いや……こっちこそありがとう」

彼女がナズマの夢をかなえてくれた。お返しにナズマも彼女の夢をかなえてやりたかった。だがそれには自称マネージャーなんかではなく、プロの力がいる。

ナズマは選ばれし者でも何でもなかった。

「……クニハヤ先輩も、ありがとうございました。せっかく曲作ってもらったのに、ごめんなさい」

下火が頭をさげる。

「気にすんな。曲なんかいくらでも作れる」

国速は積みなおすはずの本をその場に座りこんで読んでいた。

下火が出ていくと、部屋は暗く静かだった。

「アイツ、二世タレントってことになるんだな」

国速がページをめくる音まではっきりと聞こえる。「二世タレントはそれだけでひとつのアイドルだ。ある種の非熟練性が約束されている」

「ダイダイの千々谷《ちぢや》さんにあやまんないとね。ライブできなくなったって」

ナズマは電源が落ちたパソコンの画面を見つめた。そこに映る自分の顔は表情が消えて不気味だった。

「ナズマ、ＬＥＤにもどれっておまえがいったのか」

　国速にきかれてナズマはうなずいた。

「ずっと夢だったっていうから」

「そっか。えらいな。俺には真似できん」

　そういって国速は本を閉じ、山の一番上に重ねた。彼のことばにいたわるような調子が混じっているのを感じナズマは、泣きたくなって天井を見あげた。にじんだ涙は上を向いたために天井の明かりを目の中で粉々に砕《くだ》いて暗くした。

　それから一日たって、いま、ふんだんに日光を採《と》りこんだ教室に座っていても、昨夜の暗さが体に染みついて、ようやく見慣れはじめた机と椅子の並びをいつもとちがった光景に見せていた。

　昼休み、友人たちと食堂に行くと、国速を見かけた。いつも大勢でいる彼にしてはめずらしく、自販機の前にひとりぼんやりと立ち、紙コップの飲み物をすすっている。

　ナズマは友人たちと別れ、国速のかたわらに立った。

「くぅちゃん、だいじょうぶ？」

「ん？　ああ……ナズマか。ちょっと気抜けしちまってな」

「そうなんだ」

「プロデューサーはもうやらないつもりだったんだが、やってみるとやっぱり先のことまで考えてしまっていた。それが全部ナシになったんだから、空しい気持ちにはなるわな」

「うん。わかるよ、その気持ち」

「テレビの番宣で『女子アナ○○のキス写真が流出！』なんていうからオンエア観《み》てみたらペットのロングコートチワワとキスしてる写真が出てきたときの空しさ——それに近いものがある」

「いい視聴者《カモ》だな」

ナズマはコーヒーを買い、立ったまま飲んだ。会話が途絶えた。昨日まで何をふたりでしゃべっていたのか忘れてしまったようだった。

国速が紙コップをゴミ箱に放る。はずれたので彼は拾いに行った。

「ナズマ、アーシャと話したか」

「いや。朝、食堂のとこですれちがっただけ」

「アイツちょっと心配だな。一番ショック受けてたから」

ナズマも飲みほした紙コップを放った。国速とはちがい、きちんと中に入る。

「わかった。様子見てくる」

一年E組の教室に入るのははじめてだったが、アーシャの席はすぐにわかった。机につっぷした彼女のきれいな髪が四方にひろがり席を飾っている。

「アーシャ？」

ナズマが声をかけると、彼女は体を起こした。

「何？」

頬に腕を押しつけた赤い跡がついている。

「メシ食った？」

「食べてない」

「そこのパン屋にパン買いに行かないか？」

「……いいよ」

アーシャが立ちあがると、教室に残っていたわずかな者たちが彼女を目で追う。彼女の端正《たんせい》な顔立ちは不機嫌になると凄《すご》みを帯び、周囲を威圧《いあつ》する。ナズマが彼女を連れて廊下に出るとようやく教室の中からにぎやかな話し声が聞こえてきた。

国速と下火が行きつけにしているパン屋〈ル・モン〉は沖津通りの坂の下にあり、そこから見あげると高校は石垣に守られた城のようだった。

店の外にベンチがあった。そこに座ると、厨房から流れでるパンの焼ける香り、バターの香りに包まれる。

ナズマは下火がよく食べていたパン・オ・ショコラを一口かじった。

「あっ、ウメエ！」

口からこぼれるパン生地の破片を紙袋に受けとめる。「コンビニのパンとは生地の香ばしさが全然ちがう。これはアコもハマるはずだわ」

「あんなやつの話は聞きたくない」

となりに座ったアーシャはカレーパンを頬張《ほおば》る。

「あ、あ、あんなやつっていうなよ」

「あんなやつはあんなやつだよ。あんなやつ、LEDで人気最下位になればいい」

アーシャは何かを蹴飛ばすような仕草《しぐさ》をした。「あんなやつが受かるオーディションなら私は受け答え全部『ロックンロール』でとおしても受かる」

「受かってからどうすんの、それ」

「あんなやつ、芸能人なんてやれるわけない。無口だし無表情だし、声ちっちゃいし、いってることわけわかんないし、私がひっぱってあげないと何もできないし、すぐ泣くし、チョコ中毒だし、夜なんかすぐ寝ちゃうし、私の他に友達いないし、犬派だっていうくせにスマホの壁紙が猫だし、本当はすごく優しいし、人を押しのけるなんてできないし——無理だよ、LEDなんて。絶対無理だ」

アーシャはパンをかじりながらぼろぼろと涙をこぼした。ナズマは彼女の肩に手をまわし、彼女の頭を自分の肩に寄りかからせた。

「そうだよな。俺たちの知ってるアコはそういうやつだよな」

坂をおりてきたバスが交差点の赤信号につかまり、ナズマに横腹を見せて停《と》まった。

学校から道を一本隔《へだ》てただけで、とても遠く感じられた。小・中学校で教室から逃げだしたときとは全然ちがった。あのころは学校にもどりたいと思っていた。いまはちがう。学校なんてどうでもいい。あの校舎の中でいまのようにアーシャの肩を抱いていたら変な目で見られる。ふつうに生きていれば、アーシャのように泣くこともあるし、ナズマのようにそれをなぐさめることもあるはずだ。これがふつうだとナズマは胸を張っていいたかった。学校のみんながそれを否定しても、ナズマは考えを曲げる気はないし、逃げだすつもりもない。

　学校を外から見てはじめてふつうというものがわかった気がした。

「最後にライブやりたかったな。メロリリとして」

　アーシャがてのひらで頬の涙を拭う。

「俺もおまえたちにライブやらせてやりたかった」

　でなければ、自分たちのすごした日々がなかったことになってしまうとナズマは思った。

「でも三人目が見つからなかったね」

「そうだな」

　ナズマは紙袋を丸めて投げあげた。風に吹かれて落下点がずれ、手を伸ばして受けとめる。言祝橋《ことほぎばし》の交差点を風が縦横《じゅうおう》に吹きぬけていた。寮に入った日と同じだった。あの日の胸の高鳴りはまだつづいている。

　ナズマは魔法にかかったままだった。そう考えると力が湧いてくる。無理なことでも無理でなくなる気がした。

　魔法だなんて、何の根拠もない。ナズマがそう思っているだけのことだった。アイドルも同じだ。下火とアーシャが集まって、アイドルを名乗り、それでアイドルだということになった。誰かより優《すぐ》れているからアイドルだということでもない。根拠もなくアイドルだった。

「もし三人そろったら、ライブやるか？」

ナズマがたずねると、アーシャは目を大きく見開いて、残っていた涙のしずくを落とした。

「そろったらって、そろうの？」

「どうかな。でもおまえに『そろえろ』っていわれたら、俺はやるしかない。おまえはアイドルで、俺はマネージャーだから」

アーシャの目に新たな涙がにじみ、頬を伝いおちた。

「ナズマ、お願い。新メンバー見つけてきて」

「わかった。まかせとけ」

ナズマはアーシャの肩を抱きよせた。彼女が頭をナズマの肩に預けると、髪の毛がナズマの耳をくすぐった。

「でもホントに見つけられるの？」

彼女の声が近くて、ナズマは自分が発したもののようだと思った。

「一応心当たりはある」

「その人、やってくれるかなあ」

「ダメなら泣きおとしてでも連れてくる」

ナズマがいうと、アーシャは自分が泣いているのにいま気づいたというふうに涙を拭い、照《て》れくさそうに笑った。彼女の笑顔はバターの甘い香りがした。

しかしアーシャはまだ下火のことを許していないようだった。

放課後、国速の部屋に集まって、下火が遅れてやってくると、さっきまで国速とおしゃべりしていたアーシャは急に押しだまり、ぶすっとした顔になった。

「ここ座る？」

ベッドの端に座っていたナズマが立ちあがっても下火はそこに座ろうとしなかった。学校を休んだ彼女は部屋着のままで、パーカーのフードをかぶっていた。

「で、ホントに新メンバーの当てがあんのか？」

国速がいじっていたタブレットを机の上に置いた。

「うん。一応もう話はしてある。いまから来るって」

ナズマは下火のとなりに立ったまま、彼女の反応をうかがった。うつむいた彼女はフードの陰《かげ》に表情を隠していた。

重苦しい沈黙が部屋を覆《おお》った。

ノックの音がしたとき、ナズマはそれを福音《ふくいん》のように思い、ドアに飛びついた。

「うわっ、あいかわらずきったねえ部屋だなあ」

猫野《ねこの》百合香が部屋に足を一歩踏みいれ、顔をしかめた。

「ユリカ先輩……？」

「ユリカ先輩がメロリリに……？　マジで？」

国速とアーシャが腰を浮かせた。

「いやまあ、そういう話なんだけどねえ」

百合香はナズマを横目に見た。

ナズマは彼女の前に進みでて深々と頭をさげた。

「先輩、メロリリのラストライブにゲストとして参加してください！　よろしくお願いします！」

頭をさげたまましばらく待ってみたが、何の返事もない。顔をあげてみると、彼女は腕を組み、首をひねっていた。

「うーん……私はいいんだけど、ＹＵＲＩＫＡが何ていうかな」

「えっ？　それは先輩の中に別の人格がいるということですか？　先輩のメイン人格と同じ名前なんですか？　どうやったら出てくるんですか？　出演交渉《こうしょう》したいんで呼んでもらえますか？　やっぱ幼少時のトラウマとかが原因で生まれたんですか？」

「あんま掘りさげんじゃねえよ。そんなに掘りたきゃメタンハイドレートでも掘ってろ」

百合香はナズマの肩を小突《こづ》いた。

「先輩、マジで私たちとやってくれるんですか」

アーシャが本の山を蹴たおし、つまずきながら百合香のもとにかけよった。

「うーん、だからどうしよっかなあって」

百合香はいたずらっぽく笑った。「ゲスト出演とか、ＹＵＲＩＫＡ嫌いじゃないんだよね」

「でもＬＥＤの件が……」

アーシャが下火をちらりと見た。「世界といえば反ＬＥＤじゃないですか。それなのに共演とかは……」

「そうなんだけどさ、私たちももうすぐ受験だし、引退も近いじゃん？　そのあとのことを考えたら、アコといっしょにライブやって、その影響がＬＥＤに及ぶってのは悪くない気がしてる。この子がこの街で見たもの、感じたことが、ＬＥＤに持ちこまれて、ＬＥＤもかわっていくし、沖津区アイドルシーンもかわっていくなら、私たちがアイドルやってきたことの意味もすこしはあったのかなって思えるんだ」

「先輩……」

アーシャがその大きな目をうるませた。

百合香が下火の方を向く。

「アコ、私もいっしょにやるよ。それでいい？」

「あ、はい」

下火はひょこっと頭をさげた。

「うわあ、やったあ！」

アーシャがスカートのめくれあがるのも気にかけず跳《と》びあがる。「ユリカ先輩が私たちに加われば犬・猿に雉《きじ》が加わったようなものだね！　鬼ケ島陥落《おにがしまかんらく》まちがいなし！」

「肝心《かんじん》なやつが抜けてるんだが」

ナズマは足元の本を積みなおした。

「メロリリｆｅａｔ．《フィーチャリング》猫野百合香ｆｒｏｍ世界だと……？　コイツは日本アイドル史に残る大事件だぜ！　『アイドル・マニア』の管理人に教えてやろう」

国速がパソコンに向かいキーボードをたたきはじめた。

下火は喜びの色も見せず、ひとりうつむいて立っている。その彼女をアーシャが鋭い目つきでにらみつけた。

「ライブはあなたのためにやるんじゃないよ。私自身のためにやるんだからね」

「……うん。わかってる」

下火は小さくうなずいた。

ナズマにはどちらの味方もできなかった。夢のために旅立とうとする下火の気持ちも、取りのこされるアーシャの気持ちもよくわかる。自分が勧《すす》めなければ下火はLEDにもどらなかったかもしれないと思う。アイドルとしての彼女が好きだからやったことだった。アイドルに恋するのはつらいことだ。応援すればするほど相手は遠くに行ってしまう。

「いいライブにしよう。みんなの思い出になるように」

そんなことを口にするのがナズマには精一杯《せいいっぱい》だった。

「よーし、じゃあリハの前に神無川《かんながわ》沿いを走りこみだ」

百合香がそういってカーディガンのボタンをはずしはじめた。アーシャが表情をくもらせる。

「えっ、走るんですか」

「そうだよ。アイドルは体力勝負だから。ステージの上って、立ってるだけで体力消耗《しょうもう》するからね」

百合香は「門の前に集合」と命じて下火とアーシャを着がえに向かわせた。

「はじまったぜ。世界のリハ地獄。本番前にアイツら過労死するかもな」

国速が椅子を回転させながら笑った。

「何他人事《ひとごと》みたいにいってんの？　おまえも走るんだよ。ほら、ナズマも」

「えっ、僕もですか？」

ナズマは百合香に腕をひっぱられて声をあげた。

「当たり前だろ。ふんぞりかえって見てるだけのマネージャーやPのいうことなんて誰が聞くかよ。アイドルと同じ釜《かま》のメシを食ってはじめて信頼関係が生まれるんだろうが」

「同じ釜のメシしか食ってないいんですが」

尻を蹴飛ばされナズマは部屋を出た。また一段とこの身がアイドルシーンに巻きこまれることとなった。

新メンバーが加わってグループはまたあたらしいステージに進んだ。もっと彼女たちを見ていたかった。こんなふうにアイドルを好きになることは二度とないだろう。今度のライブが終われば人の夢を――下火を奪ったアイドルを憎むようにさえなるかもしれないと思いナズマは、いまのこの時間を留めようとするかのようにとなりの自室に向かってことさらゆっくりと歩きだした。

第6章「彼女はマジック。アイドル・マジック」

夕方になると風が冷たくなり、屋台の食べ物がふんわりと温かくにおいたった。

沖津《おきつ》四季の森公園に集まった人たちを下火《あこ》はベンチに座って眺《なが》めていた。みなしあわせそうな顔をしてそぞろ歩く。下火ひとりいつもの仏頂面《ぶっちょうづら》だ。

彼女とは無縁《むえん》の世界がここにはある。父を殺した自分にはそんな場所にいる資格がないと彼女は思っていた。

罰《ばつ》がまだ足りない。

彼女はパーカーのポケットに手をつっこみ、立ちあがった。開演まであと一時間だ。

食べ物の屋台以外にも、グリーンフェスタというだけあって、鉢植えや種苗《しゅびょう》、リースなどを売る露店《ろてん》が出ている。観葉植物の並ぶスペースの前で下火は足を止めた。どれも小さくて、おもちゃみたいなつるんとした葉を持っていて、かわいらしい。ひとつ買っていこうかとも思うが、きっと枯らしてしまうにちがいないのでやめる。

新しい生活がどうなるのか、下火にはまだわからなかった。高層マンションの上の方にある広い部屋だと母はいっていた。家は広ければ広いほどいい。母と顔を合わせずに済む。

ステージのとなりに運動会みたいなテントが建てられていた。そこが楽屋《がくや》とＰＡのミキサーなどを置く場所になっている。

そのテントの前でナズマが腕章をしたイベントスタッフと何やら話しあっていた。

「おっ、アコ――」

ナズマが横をとおりぬけようとした下火に目を向ける。「元気ないな。緊張してんのか?」

「(と思うじゃん?)いや」

マネージャーの目が節穴《ふしあな》気味なのはいつものことなので、下火は聞きながしてテントの中に入った。ライブ本番まで間もないが、緊張はしていない。ふつうに食欲もある。会場内にただようにおいのせいですっかりおなかが空《す》いていた。

(もぅマヂ無理……お弁当食べよ……)

下火はパイプ椅子《いす》に腰かけ、伯母《おば》が作ってくれた弁当を食べはじめた。玉子焼きをひとつ取って口に運ぶ。

(うまい……私、お祭りに玉子焼きの屋台とかあったら絶対並ぶし……)

ふと楽屋の隅《すみ》に目をやると、アーシャが暗いオーラを放ちながらスマホをいじっていた。

彼女とはずっと口を利《き》いていない。

それは当然の報《むく》いだった。夢のために彼女を裏切った。恨《うら》まれるのは仕方がない。彼女のためにも最後のライブだけはいいものにしたかった。出会って以来ずっと自分を気にかけてくれたことに対するせめてもの恩返しだ。

テントの入口から差しこむ日光に女性のシルエットが浮かびあがった。

「すいません。こちらに津守国速《つもりくにはや》はおりますでしょうか」

年のころは下火の母と同じくらいの人だった。鋭い目つきで下火とアーシャを値踏《ねぶ》みするように見くらべるので只者《ただもの》ではないと思い下火は、アーシャの方を向いた。彼女は一度目を合わせたが、すぐに視線をそらし、立ちあがってテントの入口に向かった。

「津守先輩なら――」

彼女がいいかけたそのとき、ナズマがスマホを手に入ってきた。

「あれっ、おばさん？」

「あっ、ナズマくんだ！」

訪問者の女性が突然ナズマに抱きついたので下火はぎょっとしてしまった。アーシャの方を見ると、彼女もおびえたような目で下火の方を見ていた。

「ナズマくん、ひさしぶり～。ずいぶん大きくなったねえ」

「いやあ、くぅちゃんほどじゃないですよ」

ナズマは彼女の腕から逃れ、下火たちと向きあった。「おばさん、このふたりがくぅちゃんのプロデュースしているアイドルです。アコ、アーシャ、こちらはくぅちゃんのお母さん」

国速の母だという人に対して下火はひょこっと頭をさげた。背の高いところと目つきの悪いところが国速に似ていると思った。

「ねえナズマくん、くぅちゃんどこ？」

「となりで音響さんと打ちあわせしてます。ちょっと呼んできましょうか」

ナズマがとなりのテントに移動して国速を連れてきた。彼は母親の姿を認めて足を止めた。

「ちょっ……冬子《ふゆこ》さん？　何やってんの」

「くぅちゃん、来ちゃった」

国速の母は息子にかけより、抱きついた。

「くぅちゃんはお母さんのこと名前で呼んでんだ」

ナズマが下火のかたわらでささやく。

「抱きつくのやめろよ。みんな見てんだろ」

「だってくぅちゃんに会うのひさしぶりなんだもん。全然帰ってこないしさ」

国速はくっつきたがる母親を必死で押しはがそうとしていた。

ナズマがささやく。

「あんなこといってるけど、ホントはくぅちゃん、お母さんのこと大好きだからね」

「（タラ守チネ速……）へえ」

「むかし友達の家に遊び行ったとき、くぅちゃん、その家のお母さんがブスすぎるっていってゲロ吐いたことあるからね。その闇《やみ》は深い」

「（ヌバ守タマ速……）へえ」

下火にはあのような親子関係は望みえない。母親らしいことは何ひとつせず、自分の都合を押しつけるだけの人だった。自己実現のために家族をかえりみないことは、成功したのちにふりかえればある種の美談となるのかもしれない。だが家族の側から見れば素直に称賛《しょうさん》できなかった。

父はどんなにお店がいそがしくても、新たにオープンさせた支店での作業が立てこんでいても、下火との時間を大切にしてくれた。仕事が終わるとバイクに乗って帰ってきて、下火を抱き締めた。彼の着るパーカーはカラーリングの薬剤と魔手《まで》通りを吹きぬける風のにおいがした。いまも袖《そで》を鼻に押しあてればそれがわずかに香る気がする。

どやどやとテントに入ってくる一団があった。下火には見おぼえのある顔だ。

「おーいナズマ、応援に来たぞー」

先頭にいるのはナズマと仲のいい同級生の河野《こうの》だった。

「おっ、来たかあ」

ナズマが心底《しんそこ》うれしそうな笑顔を浮かべる。それを下火は横目に見た。下火やアーシャに対しては決して見せない笑顔だ。

男子の群れでテントの入口がふさがれた。

「ユリカさんいねえの？　俺、いっしょに写真撮りたかったんだけど」

「さっきまでいたんだけどなあ」

ナズマが背伸びして外に目をやると、

「お～い、そこのグルーピーたち～、ちょっと道空《あ》けて～」

男子を脇《わき》に退避させて百合香《ゆりか》が入ってきた。手にはバケツくらいある大きな鉢植えを抱えている。南国の木をそのままミニチュアにしたような観葉植物で、彼女が歩くたび、ねじねじになった幹がしなって揺れた。

アーシャがそばに寄り、葉に触れる。

「すごいの買いましたねえ」

「もらったんだよ。二年前にここでやったライブ観《み》ててくれたみたいでさ、売り物なのに『持ってけ』って」

「どうやって持ってかえるんですか」

「そんなもんジャーマネに持たせりゃいいよ、ジャーマネに」

そのジャーマネが百合香のかたわらに立った。

「僕の友達といっしょに写真お願いできませんか、パイセン」

「おっ、いいね。みんなで撮ろう」

百合香に連れられ、下火とアーシャはテントの外に出た。なぜか三人で鉢植えを持つことになる。

「ステージの立ち位置と同じ順番で並んで」

ナズマの指示で下火がセンターの位置につく。その結果、下火が両手で鉢植えを持ち、両サイドから百合香とアーシャがそれぞれ片手を出して支えるというかっこうになった。

「沖津グリーンフェスタ最高！」

百合香の指示でイベントをヨイショする台詞《せりふ》を叫ぶ。百合香とアーシャはアイドルらしい決めポーズを取り、その結果、下火ひとりで重い鉢を持つはめになった。

「緑を大切に！」

そういって百合香がカメラに向かってピースする。ナズマがそばにかけより耳打ちした。

「先輩、さっき区役所の人が『今年はライブ中に木の枝を折ったり葉っぱに火をつけたりしないでくれ』といってましたが」

「あっそう。気をつけるわ、木だけに——そう伝えておいて」

「巻きこみ事故やめてもらえます？」

三人の集合写真を撮ってしまうと、今度は個別の撮影会がはじまった。百合香とアーシャの前に列ができる。

「もうそれおろしていいんじゃない？」

ナズマにいわれて下火は重い鉢を地面におろした。ふたり並んで、アイドルとの撮影会に臨《のぞ》む同級生たちを眺める。

「アイツらがアコのところに来ないのはさあ、同じクラスでふだん見慣れてるからだよ」

「（なぐさめ……）うん」

「ほら、動物園でも外国の動物の方が人気あるじゃん？　タヌキとか、見た目レッサーパンダとそんなかわらないけど、あんま注目されてないよな。それと同じ」

「（タヌキあつかい……）うん」

「でもライブ終わったらアイツらみんなアコのファンになってるから」

「あ、うん」

下火はてのひらについた土を拭《ぬぐ》った。

ナズマはいつでも何でも褒《ほ》める。下火は父のことを思いだした。父は優しさから褒めてくれた。ナズマはどうだろう。「アコの歌が好きだ」ということばは彼の全存在を賭《と》したもののように聞こえる。それが下火には何だか怖かった。

寮のみんなや伯母、世界のメンバーがやってきて、いつもの親密さがこの公園に持ちだされたようだった。このまま和《なご》やかにライブがおこなわれればいいと下火は思った。

だが彼女の人生でそんなふうにすんなりとことが運んだためしはなかったのだった。

「アコちゃ〜ん、お母さん来たよ〜」

わざわざ遠くから呼びかけてくるのでイラッとしつつ目を向けると、遊歩道を母がやってきていた。わざとらしく大きなサングラスをかけ、わざとらしくブランド物のバッグを提《さ》げ、わざとらしくスプリングコートを着ないで手に持っているので下火はさらにイラッとした。「あれ焉藤結衣《えんどうゆい》じゃない？」とささやきあう声が周囲で起こった。

小さいころは、友達やその親が母の名前を知っているのが不思議だった。それがうれしくて誇《ほこ》らしくもあった。当時は下火もお母さんのことが大好きなふつうの子供だったのだ。

「アコちゃん、調子はどう？　緊張してない？」

下火の母は娘の前に立ち、サングラスをはずした。優しくほほえみかけ、下火の襟元《えりもと》を直したりする。

人の目があるところでだけ母親らしくするのはいつものことだったので、下火は応《こた》えなかった。もう憎《にく》んではいないつもりだったが、こうして面と向かってみると、母が家を出ていった七年前に抱いた感情がよみがえってきた。憎しみの対象が目の前から消えて感情が宙吊《ちゅうづ》りになっていただけだったのだとわかった。

あらためて母の姿を間近《まぢか》で見てみると、背丈《せたけ》と目があのころより小さくなっているように感じた。

母が料理研究家を自称して家に帰らなくなりはじめたころ、父も独立して代言山《だいごんやま》にヘアサロンをオープンさせたばかりで多忙だった。小学生の下火は家の中でも学校でも、自分のことはすべて自分でやることにした。

母が母であることをやめてしまったのが下火にはショックだった。自分が悪い子だからだと思った。

なぜ自分が選ばれてしまったのだろう。こんな目に遭《あ》うのは支えてくれる人がまわりにたくさんいる恵まれた者限定にすべきだ。

(私の運命、糞運営すぎ……)

「アコちゃん、今日は事務所の後輩を連れてきたの。アコちゃんのライブ観たいんだって」

そういって母がふりかえるので、下火もそちらに目をやった。

芝生《しばふ》を踏んでやってくるその人は、夕暮れに染まる人ごみの中でひとり光が当たって見えた。膝上丈《ひざうえたけ》のスカートから伸びる長い脚《あし》、シャツのパフスリーブで強調された細い腕は、ピンボケの世界にあって彼女だけカメラの焦点が合っているようだった。

下火は母への憎しみも忘れて彼女に見入った。彼女が芝生に足を取られて前にのめったときには思わずかけよりそうになった。

（フォォォォッ！　なちゅりだ！　なちゅりが来たッ！）

同級生の男子がざわめきだす。河野が写真に撮ろうとスマホを目の高さに構えた。

「おい、あれ……なちゅりだぞ」

「知っているのか河野」

ナズマがたずねる。

「ああ。ＬＥＤ《エルイーディー》本店第十八期生、なちゅりこと美作菅家夏美《みまさかかんけなつみ》——研修生時代は『研修生四天王』の一人に数えられ、早くから頭角をあらわす。劇場人気は圧倒的。グラビアでも人気急上昇中。今年の夏には初の主演映画も公開される。いまもっともいきおいのあるメンバーだ。好きな食べ物はおくらともずく。将来の夢はニュースキャスターだとか」

「おまえ……ひょっとしてマジでＬＥＤオタクなのか？」

ナズマにいわれて河野は激しく頭《かぶり》を振った。

「ちがうよ！　『ガイアの夜更《よふ》け』でやってたんだって！」

「ホントかよ……」

なちゅりは下火の前に立つと、にっこりとほほえみかけた。

「はじめまして、アコちゃん。アコちゃんのお母さんにはいつもお世話になってます」

「（フゥウウウッ！　なちゅりが私の名前をッ！）あ、どうも」

下火はひょこっと頭をさげた。

なちゅりは下火の手を取り、両のてのひらで包みこんで胸の前まで引きつけた。

「アコちゃん、ライブがんばってね。私、応援してるから」

「(フェエエエッ！　これがなちゅりの天使すぎる対応かッ！）あ、はい」

下火はひょこっと頭をさげた。

「あ、あの……メロリリマネージャーの吉貞《よしさだ》ナズマといいます。よろしくお願いします」

ナズマが割りこんできて、学校のプリンタで作った名刺《めいし》をなちゅりと下火の母に手渡した。

「マネージャーさん……？　じゃあプロデューサーとかもいるんですか？」

なちゅりは目を丸くして口元を手で覆《おお》った。芝居《しばい》がかった仕草《しぐさ》だったが、かわいらしかった。

（このベタな感じ、やりきってるからすごいよなあ……）

現代において本当の清純派などいない。そんなことはいうまでもないが、それでもなお、その存在を信じたがる者がいて、それに応えようとする者がいる。清純派アイドルとはそうした心のかよいあいの総称であると下火は考えていた。

ナズマはそのようなことに一切心を動かされないようで、

「プロデューサー連れてきましょうか」

とそっけなくいった。

国速は連れてくるまでもなかった。テントの入口に立ち、なちゅりを凝視《ぎょうし》していた。

「美作菅家……どうしてここに……」

なちゅりも国速を見つめていた。アイドルらしい笑みをうっすらと表情に張りつけている。

「クニハヤ、ひさしぶりだね。元気？」

「何が『元気？』だ。白々しいことぬかしてんじゃねえぞ」

国速はなちゅりにつめよった。「テメエなんでここにいるんだよ」

「私は焉藤さんに誘われて」

なちゅりはちらりと下火の母を見た。

「ナツミちゃん、お知りあいなの？」

下火の母がなちゅりにたずねる。なちゅりはうなずいた。

「中学校で同じクラスだったんです」

下火はあっけに取られて自分のプロデューサーとあこがれのアイドルを眺めていた。

（クニハヤ先輩、なちゅりの同級生だったのか……うらやましい！　生まれかわったらクニハヤ先輩になりたい！　なお、あの髪の色を除く）

国速はなちゅりを至近《しきん》距離でにらみつけていた。

「『誘われて来てみたらたまたま俺がいた』っていうのか？　ふざけんな。そんな偶然があってたまるか」

なちゅりは目を細め、いたずらっぽく笑った。

「ホントはね、動画を観たんだ。『グレイテスト・ヒッツ』だっけ？　私の曲をやってたよね」

「あれは俺の曲だ。おまえのじゃねえ」

周囲が騒がしくなっていた。河野たちはなちゅりの出現に色めきたち、寮のみんなは国速が

LEDのメンバーと旧知の仲であることを知って動揺している。

下火の母親は場の空気がかわったことを瞬時に察知《さっち》したようだった。

「アコちゃん、私たちもテントの中に入れてくれる？」

そう下火に呼びかける。下火が応えずにいると、

「どうぞこちらへ」

ナズマが下火の母となちゅりを案内してテントの中に入れてしまった。

彼はすぐにもどってきて、国速に問いかけた。

「くぅちゃん、どういうこと？　LEDの人と知りあいだったの？」

アーシャと百合香も国速を見る。下火はもちろん興味津々《しんしん》だった。

（元カノだったらやだな……。なお、世間《せけん》にうしろめたさを感じている男色家＝クニハヤ先輩と偽装結婚していた、とかなら可）

国速は公園を囲む高層ビルを見あげた。西日が目に入っているわけでもないのに顔をしかめている。

「俺とアイツは高校にあがったらアイドルグループを作るはずだった。俺のいた渋皮教育学《しぶかわきょういくがく》園渋皮《えんしぶかわ》は中高一貫だからな。沖津区に負けないくらい熱くて個性的な渋皮区アイドルシーンを作りたかった。曲を書いて、グループ名なんかも考えて、どういうライブをやりたいかって話をふたりで毎日してたんだ。だけどアイツは中三のとき、オーディション受けてLEDに入りやがった。反LEDみたいなことをいってたけど、俺に調子を合わせてただけだったんだ。結

局、俺の考えるアイドルとアイツの考えるアイドルはちがってたんだな。俺は最後までそれに気づかなかった」

「それってさ――」

ナズマもビルを見あげた。「くぅちゃん失恋したってこと？」

「まあそういう側面があることは否定しない」

国速は髪を掻《か》きあげた。

並んでビルを仰《あお》ぎみるナズマと国速はまるで兄弟みたいだった。

「何かさ――ちょっとがっかりだよね」

「は？」

国速がナズマをにらむ。

「俺、くぅちゃんが前の学校辞めてカス高に来たのって、何か深いわけがあるんだと思ってた。でも結局女がらみなんだね。ベタっていうか……若干《じゃっかん》ダサいよね」

「おまえ……ここは俺をなぐさめる流れじゃねえのかよ」

アーシャも真似《まね》してふたりに並び、上を向く。

「私もがっかり。先輩がプロデューサーとしての立場を利用してアイドルに手を出してたなんて」

「出してねえよ。出す前にフラれたわ」

彼らの背後で下火はぽつりとつぶやいた。

「……丸坊主にして全国のなちゅりファンに謝罪してほしい」

「謝罪すんの？　俺が？　フラれたうえに？」

国速は首をぐるりとまわし、力なく笑った。「まったく……おまえらと話してると悩んでたのがバカらしくなってくるな」

百合香がうしろから国速の肩をつかんだ。

「去年、寮に入ってきたとき、クニハヤはすごく暗い顔してたよね。いまのアコ以上にさ。私たちがなぐさめてあげたから立ちなおれたけど」

「本当に感謝してます。夜中にコンビニまでダッシュさせるとか、マジ癒《いや》しですよね」

国速が苦虫をかみつぶしたような顔をすると、百合香は笑いだした。

アーシャが向かいのビルを威嚇《いかく》するように両の拳《こぶし》を突きあげる。

「よし！　あのＬＥＤに目にもの見せてやる！　今日のライブはクニハヤ先輩のとむらい合戦だ！」

「殺すな」

ナズマたちがテントに入ってしまってひとり残る国速を下火はふりかえって見た。彼はパンツのヒップポケットに手をつっこんでうつむいていた。

一度なちゅりに裏切られた彼を自分がふたたび裏切ってしまったと思った。

父はどうだったのだろう。アイドルになってしまえばいそがしくて父と会えなくなっていたのではないだろうか。オーディションに向けてのレッスンにかよう道すがら、父といろいろなことを話した。あの親密な時間は夢がかなったと同時にうしなわれてしまったのではないだろうか。

取りかえしのつかないことをしてしまったし、いまもしている。

「……先輩」

下火が声をかけると国速は顔をあげ、ぎこちなく笑ってみせた。

「ん？　どうした」

下火は頭をさげた。

「……ごめんなさい」

「何だよ急に」

国速は怪訝《けげん》そうな顔をする。

「……なちゅりのことで傷ついたのに、また私が同じようなかたちで先輩を傷つけてしまったから」

「何だ、そんなことか」

国速は声をあげて笑いだした。「美作菅家は一度もあやまらなかったぞ。芸能人ならそれくらい図太い方がいい。おまえは優しすぎる」

下火は背の高い彼を見あげた。どんなことも彼は笑顔で受けとめる。その強さが下火にはうらやましかった。

「でもまあ、そういうとこがおまえのかわいいとこだな」

そういって国速は大きなてのひらで下火の髪をくしゃくしゃと乱した。

下火はむっとしてその手を払いのけた。髪が乱れるのは彼女のもっとも嫌うことだった。

「おっ、怒ったか。おまえも怒ることあるんだな」

「(かつては『尾張《おわり》家の火薬庫』の異名《いみょう》を取る危険分子だったんだが)あ、はい」

下火は悲しみを笑いや乱暴な仕草で隠す国速のやり方に父の面影《おもかげ》を見た。許しを請《こ》いたいと思う。彼に肩を抱かれて、その腕や胸の感触が許しに似た安らぎを呼びおこすが下火はそれをみずからに対する甘えと見なして撥《は》ねのけ、跳《と》びあがってお返しに国速の髪をぐちゃぐちゃに掻きみだした。


本番が近づいても下火は緊張していなかった。

先ほど着がえたパーカーは父が生前もっとも気に入っていたもので、フードの裏のワッフル地が気持ちいい。下火にはヴィンテージの価値はわからなかったが、長い年月着られ洗われ、肌触《はだざわ》りの芯《しん》のようなものだけ残った感じが好きだった。

父の集めていたパーカーはすべて下火が受けついだ。彼はバイクも好きで三台所有していたが、事故のあと伯父《おじ》と伯母がすべて処分してしまった。うるさい音楽も好きだったが、それはいま下火がｙＰｏｄで聴いている。

下火自身はどうだろう。父の愛した娘である自分をどれだけ知っているだろう。その価値をどれだけ見出《みいだ》せているだろう。下火にはわからない。

わからないからＬＥＤに挑む。こんな自分が父以外の人に認められ選ばれるのか、試したい。罪をつぐなう道がそこにあるような気がする。

テントの隅でアーシャが髪を三つ編みにしていた。鏡台がないのですこし編んでは手鏡で確認している。おかげでなかなか編みおわらない。

下火は彼女の背後に立ち、そのきれいな髪の束を引きよせた。

「……やってあげる」

アーシャは何もいわなかった。

下火は彼女の髪を細めのフィッシュボーンに編んだ。正面にまわって左右のバランスを確認する。

「……うん。できた。かわいい」

アーシャは目をそらし、うつむいた。

髪は毎日伸びつづけ、同じ髪型を留めることはできない。編んだ髪はほどけば消えてなくなる。それでも残る何かはあるはずだった。現に父の指が髪のあいだを滑っていく感触はまだ残っている。

「リラックスして行こう。緊張はメインアクトの連中にしてもらってさ」

ブレザーにブラシをかけながら百合香がいった。

そこへ今日のメインアクト、ＤＩＥ《ダイ》！　ＤＩＥ《ダイ》！　ＯＲＡＮＧＥ《オレンジ》！　のメンバーを引きつれて千々谷凛《ちぢやりん》がやってきた。

「猫野《ねこの》先輩、同じステージに立てて光栄です」

「そういってもらえるとうれしいね」

百合香が握手を求めて手を差しだす。それを凛は強く握った。

「私たち、二年前の世界が好きでした。あのころはホントとがってましたからね」

「まるでいまはとがってないみたいに聞こえるけど？」

ふたりのあいだに火花が散るのを下火は確かに見た気がした。

「あのころの世界の跡を継いでいるのはいまの世界ではなく、私たちダイダイだと思っています」

「じゃああんたたちは私たちが二年前に通過した場所でまだうろうろしてるってことだ」

百合香のことばに、凛は不敵に笑ってテントの隅へと移っていった。

百合香は下火たちの方にふりむき、目を三角にして号令した。

「気合い入れてけよ！　あのくされお●こどもになめられるようなパフォーマンスしたやつは寮の便所を改造した部屋に閉じこめてウジ虫みたいな生活送らせるからな！」

「朝令暮改《ちょうれいぼかい》の度合いがエグい」

国速があきれ顔になった。

ナズマがスマホ片手に入ってきた。

「そろそろ出番だぞ。準備いいか」

ステージに通じる出口から観客のざわめきが聞こえてきていた。

「よし、円陣組もう」

メンバーを呼びよせた国速がアーシャに目を留めた。「おい、何だそれ」

彼の視線を追ってアーシャの下半身に目をやると、黒いスパッツが太腿《ふともも》のなかばまでを覆っていた。

アーシャはスパッツの表面をてのひらでこすった。

「昨日、鏡の前で踊ってみたんですけど、どうしてもパンツが見えちゃうんですよ。だから……」

「知るかよ。みっともねえから脱げ」

国速のことばにアーシャはぷうっとふくれた。

「じゃあ先輩はパンツ見えてもいいっていうんですか」

「当たり前だ。パンツと取りしらべの可視化は二十一世紀日本の課題といえよう」

「アーシャがやだっていうならそれでいいよ」

ナズマがまた甘やかすようなことをいう。

「ライブはじまったら気にならないけどね、そんなの」

そういって百合香が下火に目を向ける。「アコはどう思う？」

「……スカートの下にあるのはパンツではない。アイドルだ（な〜んてな）」

そのことばを聞いたアーシャは、ふくれた頰《ほお》の空気を尖《とが》らせた口からぷうっと音立てて抜いた。

「……わかった。脱ぐ」

スカートの下に手を差しいれてスパッツをずりおろす。膝の上でわだかまるスパッツを見てナズマが目を丸くした。

「ちょっと……それは……」

見ると、黒いスパッツに白い布がからみついていた。

「わっ、見ないで！」

アーシャは膝の上でからまるパンツとスパッツを手で隠そうとした。

「アーシャよ、児童ポルノはやめておけ」

国速はそういってスマホを構える河野たちを追いはらった。

（いきなり裏側見せるとか……俗悪なパンティラだな……）

下火はパンツを穿《は》きなおすアーシャの前に立ってその姿をナズマから隠した。ナズマは耳まで真っ赤にしながら見ないふりで天井を見あげていた。

あらためて円陣を組む。

肩を組み額《ひたい》を寄せると、周囲の音が締めだされた。寮でかいだにおいがした。一カ月間すごしたあの寮でつきまとわれ、身に染《し》みつき、馴《な》れ親しんだにおいだった。

「先輩、いつものやつをお願いします」

国速にいわれて百合香は下火とアーシャを交互に見つめた。

「アイドルやりたきゃ、いまやれ！　早くやれ！　うまくなるのを待ってないでやれ！　そして何より、沖津区でやれ！」

円陣が解かれ、寮のみんなの拍手《はくしゅ》に包まれた。

「よし、行ってこい！」

ナズマにマイクを手渡される。アーシャのパンツを見た余韻《よいん》か、彼はまだ上気《じょうき》しているように見えた。

母となちゅりがテント内の熱気とは裏腹な冷めた目で見ている。下火はその視線を振りはらうように腕を大きく振って外に出た。芝生の上にステージはぽつんと立って小さく見える。上部のライトとそれを支える骨組だけが本物で、あとはおもちゃみたいな作りだ。

階段をのぼり、ステージの上に立つ。

「うわ、入学式より人多い」

アーシャがつぶやいた。

そこはライトに照らされて明るかったが、かえって空を暗く感じた。テントの中にいるうちに夕方をやりすごしてしまったようだった。木のあいだのランプがぼんやりと光っている。

観客がステージを取りまいていた。ステージは五十センチほどの高さがあるので、背の低い下火にも客席がどこまで埋まっているのか見はるかすことができた。奥の方にある、芝生を養生《ようじょう》するためロープで囲われた区域にまで人が入りこんでいる。

ステージ前の地面には黄色いビニールテープが張られていて、それより前への立ちいりは禁じられていた。観客たちはテープ越しにスマホを差しだし、写真を撮る。無数のフラッシュを浴びて下火は心細くなった。

（何でもいいから手に持ちたい……楽器とか、金属バットとか……）

小さなマイクひとつ持ってたくさんの人の前に出ていくのは勇気がいる。人並みはずれて楽器がうまいとか、ここに集まった全員が親のかたきであるとか、何でもいいから彼らの前に立つ根拠が欲しいと思った。

百合香を先頭にステージをなかば横切り、立ち位置につく。下火はいまごろになって緊張しだした。パーカーのポケットをさぐるが、チョコは入っていない。着がえたときに移しかえわすれたのだ。

下火は舞台袖の方を見た。ナズマがカメラを構えて撮影している。遠く見えた。走っていっても行きつけない気がした。

「はじめまして！　メロディ・リリック・アンド・チューンです！」

アーシャが挨拶《あいさつ》する。サウンドチェックのときは声が公園中に響いて聞こえたのに、いまは最前列の観客にぶつかってそこで声が遮断《しゃだん》されてしまったようだった。

足元のモニター・スピーカーから一曲目『デビュー』のイントロが流れてくる。下火はステップを踏みはじめた。振付《ふりつけ》にしたがい、右側のアーシャを見、左側の百合香を見た。ふたりとも遠かった。

おわりのはじまり　はじまりのおわり

めぐりめぐって　冒険気取り
迫りくる危機　アポなしの旅
バスをおりたら　セヴァストーポリ

ウロボロスの蛇《へび》見つけ出す
珍獣《ちんじゅう》ねらいのハンターチャンス
ひとつ積んでは君のため
ロックンロールでシーシュポス

隠しきれないエンドレス
終わりなき世のテンダネス
愛し愛され生きてくうえで先立つものが先立つの
逃れられないロンリネス
泣き虫な私キックアス
涙なみだの別れのあとは聞くも語るも余計なの

間奏に入ってダンスの見せ場となった。下火は強く足を踏みしめた。ステージがきしむ。アーシャの考えた振付は、ふつうのアイドルのダンスとちがって軽やかさがすこしもない。腰を落とし、足の裏をべったりつけて、ゆっくりと回転する。力が溜《た》まる。大きくまわす手で風が起こると思う。

二コーラス目がはじまり、下火は声を張りあげ歌った。

LEDなら曲はプロの作曲家のコンペで選ばれる。メロリリの場合はすべて国速が作っていた。LEDの歌詞は総合プロデューサーが支店の分も含め、ひとりで書く。メロリリの作詞家は下火だ。秘密のポエムノートに書かれたフレーズを下火が読みあげると、となりで国速がキーボードを弾き、即興で曲をつける。うまくメロディーにのらないと、下火の方でことばを入れかえた。この『デビュー』など三十分でできてしまった。

歌も踊りも素人《しろうと》が勝手に作ったものだった。誰に選ばれたものでもなく、クオリティは保証されていない。人に聴かせる根拠がないと下火は思った。

真夜中、大声で歌を歌いながら寮の前の道を自転車でかけぬけていく人がいる。その人とメロリリはどうちがうのか。何がアイドルとアイドルでない者を分けるのか。

下火は歌いながらスカートを握りしめていた。手を遊ばせておくのが怖かった。

歌いおえると、息が切れた。リハのときより声が出ていないのに消耗《しょうもう》している。

「あらためまして、こんにちは！　メロディ・リリック・アンド・チューンです！」

アーシャが会場に呼びかける。下火はマイクが荒い息を拾ってしまっているのに気づき、手をおろした。

「私はカス高一年、アーシャです！　よろしくね！」

アーシャの自己紹介に観客が拍手で応えた。彼女の笑顔は笑顔を誘う。

「そして、同じくカス高一年、アコチン！」

アーシャに指差され、アコは小さく手をあげた。小さな拍手が起こる。

「アコチン、何かしゃべりな」

そういわれて、仕方なくマイクを口の前に持ってくる。頭の中が真っ白で、何も出てこなかった。

「……喉渇《のどかわ》いた」

かろうじてそれだけいい、観客に背を向けて舞台袖の方に向かった。笑いの起こるのが聞こえたが、怖くてふりかえれない。

ナズマが階段の途中で待ちうけていた。ミネラルウォーターのペットボトルを差しだしてくる。下火はそれを受けとり、口に流しこんだ。冷たくてむせそうになり、口元を袖で押さえる。

ナズマがステージの方を指差し、大きく円を描いた。

「アコ、ステップ大きくしてステージを広く使え。腕もすこし縮《ちぢ》こまってるから、もっと思いきって動かして。歌はすごくいいぞ。リハより全然いい」

下火は口の端からこぼれる水を袖のリブに吸わせながらうなずいた。サッカーの監督と選手みたいだと思った。

(何かいってるけど、全然頭に入ってこない……そりゃザックもイタリア帰るわ……)

ペットボトルをナズマに返し、アコはステージにもどった。不思議と緊張感は消え、さあやってやろうという気持ちになっていた。

立ち位置につくのを待ってアーシャが話しかけてきた。

「水おいしかった？」

「……水はおいしい」

答えるとなぜだか客席から笑いが起きた。

いつもしているような何気ない会話もマイクとスピーカーをとおすとちがって聞こえた。これをみんなに聞かせる根拠は何なのだろう。

アーシャが口からマイクを離し、咳払《せきばら》いした。

「そしてそして、本日のスペシャルゲスト、私の尊敬する大先輩、世界の猫野百合香さんで～す！」

「イェーイ、ＹＵＲＩＫＡ来ちゃいました！　ヨロシクゥ！」

百合香が手をあげると観客も手をあげて応える。人の腕が枯れた林のように遠くまでひろがり下火は、このステージにたくさんの人が集まっていることをあらためて実感した。

「それじゃあ次の曲。次の曲は――」

アーシャはモニター・スピーカーの上に乗り、手をひさしのように目の上に差しわたして会場内を眺めた。「世界に捧《ささ》ぐこの曲、『ワールドフェイマス』！」

観客がどっと沸いた。アーシャがスピーカーから飛びおりる。三人で足を踏みならし、手拍子《てびょうし》して、イントロのリズムを呼びおこす。観客が暴れだし、イントロがはじまると爆発する。

彼らが地響き立てて飛びはね、波となって公園を洗う。下火はそれに呑《の》まれてしまわぬよう地に足をつけ、スカートをつかんで踏んばった。

　炎上してからが本番でしょ
　愛を叫んじゃったりする場所
　有名税なら5%《パー》くらいでしょ
　許可とかいらない東京特許
　Worldfamous Boyfriend
　許されない恋を許してね

　下火は歌いながら、この曲を書いた国速の気持ちになっていた。アイドルに恋した男性のことを歌っているのだと、いまわかった。国速はなちゅりをいまも好きでいる。好きな人がアイドルになってしまったら、テレビやＢｏｏｂｌｅ＋《ぶぶたす》の中にいて、会いに行けるアイドルで、でも会えなくて、死別するよりつらい。アイドルは選ばれし者しかなれなくて、死は誰もが行く場所だ。

　そう、父もみながいくところへ行った。運命の女神に選ばれたと下火が思っているのは生者の側からのかたよった見方だ。

　下火は選ばれてなどいない。

曲が終わり、シームレスに次の曲がはじまる。と、アーシャがスタッフのいるテントに向けて大きく手を振った。

「止めて止めて！　曲止めて！」

イントロが途切れて観客がざわつく。アーシャはモニターに飛びのった。

「そこのＬＥＤＴシャツ着てる人、こっち来て！」

「おまえだよ、おまえ！　早く来いコノヤロウ！」

百合香が地面に飛びおり、乱暴に手招きする。

観客の波が割れ、その中から現れたのは、このあいだのＬＥＤドームツアー限定Ｔシャツを着た男子だった。まわりに背中を突きおされ困惑《こんわく》気味ながら、照《て》れ笑いを浮かべている。

その横っ面《つら》を百合香が平手打ちした。

「何ニヤついとんじゃコラァ！　沖津区アイドルなめとったらどついたるぞ！」

アーシャが彼をステージに引きずりあげ、背中を突きとばした。

「沖津区じゃＬＥＤはファンも含めて見つけ次第《しだい》みな殺しだからね！」

百合香とアーシャはＬＥＤファンを挟《はさ》みこんでボコボコにする。

（一方的ですもんね……乗るしかない、この集団暴行《ビッグウェーブ》に……）

下火もそれに加わり、三人で袋叩きにした。

「おい、ソイツ押さえとけ」

そう命じて百合香はステージの端にさがった。観客のあいだにさざめきがひろがる。

「出るか……ユリカの殺人技……」

「ひさしぶりにあれをやるのか……？」

下火とアーシャがLEDファンの腕をとらえると、百合香は猛然とダッシュしてきてそこにドロップキックを浴びせた。あわれな犠牲者《ぎせいしゃ》は肩のあたりに食らって後方に吹きとんだ。

（打点高ッ……）

下火は彼を助けおこしてやった。

「出たあ、ユリカ式ドロップキック！」

「武闘派ユリカの復活だ！」

観客は跳びあがって拍手する。

「ジャーマネ、ちょっと来てジャーマネ」

アーシャが呼ぶと、ナズマがテントからやってきた。Tシャツを手にしている。アーシャはそれを受けとり、観客に向けて高々と掲《かか》げた。その胸には、

MELODY, LYRIK AND TUNE

の文字。ナズマお手製のメロリリTシャツだ。

三人でそれをLEDファンに着せる。すでに一枚着ているうえに、すこしぽっちゃりしているのでキツキツだが、強引に着せてしまう。

「これであなたもメロリリファミリーだね」

アーシャが彼の肩に手を置く。百合香が「メ・ロ・リ・リ！　メ・ロ・リ・リ！」と叫んで手を打てば、客席から「メロリリ」チャントが巻きおこった。

ナズマに連れられて袖にはけていく元LEDファンに下火はかけより、ささやきかけた。

「向こうになちゅりいるから。握手してもらって」

すべてナズマの仕込みだった――LEDTシャツを着たサクラを客席に紛《まぎ》れこませておき、ステージ上から見つけたふりをする。なかなかいい演出だった。おかげでグループの名前とアティテュードを観客に知ってもらえた。

ひとつ失敗だったのは、仕込んでおいた河野ではなく、見ず知らずの男性をステージにあげてしまったことだ。百合香が河野の顔をおぼえていなかったのが原因だった。まさかこの会場に本物のLEDファンが来ているとは思わなかった。

（でもまあ、ボコボコにされてドロップキック食らったくらいでなちゅりと無銭《むせん》握手できるんだから、御《おん》の字だよな……むしろ感謝してほしいくらいだわ……）

下火はナズマに目配せしておいてステージにもどった。

一度中断した『グレイテスト・ヒッツ』が再開される。

これも、なちゅりとの関係を知ってみれば、明らかに国速の失恋ソングだった。なちゅりはこの曲を自分のものだといった。国速は自分のだという。いまはメロリリが歌っている。

歌詞に出てくる「僕」は、下火ではない。アーシャでもない。百合香でもない。メロリリが歌うなら、国速でもない。

　ではこれを歌う根拠は何か。こんなたくさんの人に聴かせる根拠は何か。

　ひとつわかっているのは、下火がここにいるということだ。メロリリのセンター――ただの真ん中ではなく、グループの顔、中心的な役割を担《にな》っている。三人の背丈《せたけ》のバランスから決められた立ち位置だったが、下火はこれを全《まっと》うしたかった。歌いきり、踊りきりたかった。

　たとえば僕のくりかえす日々が
　明日であっさり終わるとして
　それでも君はかわらずに君の
　かわらぬ笑顔を見せるだろう
　忘れたころによみがえる夢
　まばゆいばかりのタイムラプス
　捨て曲なしの記憶の中で
　僕は今日も眠るよ

　歌いおえると、下火はもう息も絶えだえだった。パーカーが湿ってもう汗《あせ》を吸わない。百合香のいっていたことがいまはわかる――アイドルは体力勝負だ。

　アーシャを見ると、彼女は観客に笑顔を向けている。瞬発力も持久力も下火より劣る彼女だ

から、体力的には限界のはずだ。それなのに、楽しくて楽しくて仕方ないという顔をする。

彼女は天性のアイドルだ。彼女を見たら、好きにならずにいられない。

はじめて話しかけられたとき、うれしかった。彼女が自分を選んでくれたのがうれしかった。

あんな女の子になりたいと思った。

反対側の百合香は涼しい顔をしている。彼女が首をかしげたり、襟を直したり、声をかけてくる観客に対して含み笑いをしたりする。そうした仕草のひとつひとつが意味ありげで観客の気を惹《ひ》く。寮にいるときとは雰囲気《ふんいき》がまるでちがう。よく観察していると、どんな動作も観客から見えるようにおこなっているのがわかる。

どうやってふつうの女の子がこんなアイドルになったのだろう。高三になったとき、自分はこんなアイドルになっていられるだろうか。

「次の曲は――」

アーシャがまたモニター・スピーカーの上に乗った。MCのときはここが定位置らしい。

「最初の曲と同じく、プロデューサーのクニハヤ先輩が作曲、アコチンが作詞しました。聴いてください、『OST』」

呼吸が整っていないのにまた踊りだす。マイクを持たない手でカタカムカ、アラパドマ、カタカムカ、アラパドマ……早口言葉みたいだが、指も腕もつっかえずにすらすらまわる。

あなたとふたり逃避行

ビデオスルーは大成功
月から金のロードショー
見てる暇《ひま》なんてないでしょう

忘れない
ふたりですごした
愛と喝采《かっさい》の

さよならは
いわないでおくよ
愛と青春の

インドで！　まさかの映画化
ハロワで！　求む脚本家
思い出を讃《たた》えよう　拍手を送ろう

特ダネ！　決意のヌード
毒ガス！　放つヴァンサント

全部なしにしよう　白紙にもどそう

決まっていつも私ひとりがひとり

下火はいまも父の死にとらわれている。歌詞もそれについてのことしか書けない。どうしようもなく重苦しい。

お客さんたちは飛びはね、体をぶつけあって踊っている。明るい笑顔が汗に濡《ぬ》れている。

これはいったいどういうことなのだろう。

ＬＥＤ研修生には選ばれたが本採用にはなっていない、中途半端な下火のパフォーマンスを観て、みんな喜んでいる。これでメロリリは最後だというのに楽しそうにしている。

これはどういうことなのか。

このステージに至《いた》るまでのさまざまな出来事を、観ている側は気にも留めない。それをくどくど説明しても、評価があがるわけではない。

やるかやらないか、それだけだ。

下火はずっとアイドルを夢見ていた。だが百合香のいうとおり、いますぐやればよかったのだ。やらなきゃアイドルじゃないし、やってしまえばアイドルだ。

ＬＥＤ研修生に選ばれてうれしかった。だが選ばれることがアイドルの必要条件ではない。やってはじめてアイドルなのだし、やってこそのアイドルだ。

（ああ……私いま、アイドルだ……）

根拠などなかった。歌声は夕暮れの空に消えていき、スポットライトに浮かぶ一挙手一投足《いっきょしゅいっとうそく》は次々にかたちをかえていく。ひとつとして留まらず、何の技術もなく、根拠もなく、お墨《すみ》つきもなく、だからこそうつくしいと思った。

選ばれしアイドル候補生だったことも、選ばれし薄幸の少女だったことも、もう下火には何の意味もなかった。誰かに価値を定められることなどまっぴらだった。

アイドルは選ばれることも根拠もなしに懸命だ。それだけがアイドルの価値だ。

「どうもありがとう！」

歌いおわってアーシャが観客に手を振る。

下火もありがとうをいいたかった——大事なことを気づかせてくれてありがとう。私をアイドルにしてくれてありがとう。

アーシャは袖で水を飲み、ステージにもどってきた。

「次の曲がラストです」

彼女がいうと、客席から「えー」と声があがった。

百合香がくすりと笑う。

「だってもう持ち歌ないもん。これで全部。最後、全部出しつくすから、みんなも出しつくしてよね。こんなもんじゃないでしょ？」

歓声《かんせい》があがる。百合香が手を振ってそれを煽《あお》る。

アーシャがモニターの上に飛びのった。

「それじゃあラスト行きます！　『ライブ&レア』！」

リハで何度も聴いた曲が流れだす。最後の曲。もうひとふんばり。

（あ、あれっ……？）

下火にはどこで踊りだせばいいのか、そもそもどう踊るのか、思いだせなかった。左右を見ると、アーシャも百合香もステップを踏みはじめている。

体のどこに残っていたのかというくらい大量の汗が吹きでた。

（飛んだ……！　最後の最後で振付も歌詞もみんな飛んだ……！）

体ががくがくと震えだした。ステージにあがってしまえばアイドルは孤独だ——国速のことばが頭の中をかけめぐる。もう袖に引きかえしてナズマに泣きつくこともできない。LEDファンを見つけたといって曲を止められもしない。

アーシャは夢中で踊っているが、百合香は何か察したようでこちらを横目に見ている。

（どうする……お客さんにマイク向けて歌ってもらうか……いや、向こうも曲知らないし……どうすれば……ユリカさんならこんなときどうする……）

下火の脳裏《のうり》にはあの地下のライブハウスで観たものがよみがえっていた。観客がぎゅうぎゅうづめで、音楽が充満して、すごいカオスで、すべてをつかさどる世界の三人は無謬《むびゅう》の存在に見えた。彼女たちなら、歌詞が飛ぼうが槍《やり》が降ろうがそれを正しいものと観客に思わせるだろう。

アイドルが正しくないというのなら、この世界で何を信じればよいのだろう。

(これだ……これに賭《か》ける！)

下火はステージの縁《へり》まで行って観客に呼びかけた。

「来て。もっと前来て」

最前列の観客は地面に張られたビニールテープを気にしてそこから出ようとしない。下火は手招きをした。

「そんなのいいから来て。最後だから」

一人が境界線を乗りこえると堰《せき》を切ったように大勢がステージ際へと押しよせる。

下火は反対にステージ奥までさがった。

(行ける……！　アイドルに不可能はない……！)

かけだした下火はステージの縁で踏みきって頭から観客につっこんだ。

(痛ってえ！　やっぱ人の手、超痛ってえ！)

観客の突きあげる手が脇腹《わきばら》に刺さる。下火は身をよじって仰向《あおむ》けになった。背中ならばあまり痛くない。

空が見えた。お祭りの光が闇の高いところまでにじんでいた。星は見えない。公園の三方を囲むビルはゴールデンウィークの最終日で暗い窓を無愛想《ぶあいそう》に並べている。まるでこの街の底に落ちこんでしまったようだと下火は思った。

目をつぶると、このまま天にのぼっていくのか、不運な百合の乙女《おとめ》として川を流れていくのか、いずれにせよ知らない場所に行ってしまいそうな気がした。魔法のようだった。ずっと求めていた安らぎだと思った。

地上の歌が騒がしかった。曲はクライマックスに向かっている。アーシャがステージを踏みしめ、大きなお尻を揺すって見得《みえ》を切っている。下火には目を閉じていてもわかった。

顔をあげると、安らぎとは無縁の光景がひろがっていた。アーシャと百合香が歌い、踊っている。苦しくて、疲れて、報《むく》われなくて、お金にもならない。履歴書に書けなくて、教科書にも載《の》らなくて、誰もがいつか卒業して、忘れていく場所。

下火はそこにいた。

アーシャと百合香のあいだにある空間は、誰にも譲《ゆず》れない下火の場所だった。

下火は観客の手の上で立ちあがった。彼らの手に持ちあげられてステージ上のふたりより高くなる。アーシャにはかっこいいことをいったが、下からガン見されるのはさすがに恥《は》ずかしく、スカートの裾《すそ》を前とうしろ、まとめてつかんでキュロットみたいにする。

アーシャ、百合香と下火は離れたところで向かいあった。三人は同じ歌を歌った。

ワイト島までひと泳ぎ
ライブエイドで荒稼《あらかせ》ぎ
サマーオブラブ　風あざみ

オルタモントは若気の至《いた》り

いい子になりたかったね
愛されたかったね
思いだすのはつないだ手のぬくもりと
君と見たあの日の夕焼け

どこまでも届くよ
マッドチェスター　リバプール
私たちのメロディ・リリック

どこまでも行けるよ
シアトル界隈《かいわい》　ＤＣ郊外
流した涙アンド・チューン

役割を果たしたかったのだった。

出ていった母の代わりで、家族のアイドルで、夢を追う一人娘で——ずっとそうやって生きてきた下火は、父をうしなって空《から》っぽだった。夢はそれを埋めあわせてはくれない。

いまの下火はメロリリのセンターだった。目の前のステージに空いた穴を埋められるのは自分以外にないと思った。

下火が指差すと、観客が次々に手を伸ばして彼女をステージの方に運んだ。

観客に持ちあげられてステージより高いところにいる。下火はぴょんと飛んでステージにおりた。

アーシャが待っていた。スポットライトに汗がかがやく。うつくしかった。光に浮かぶ埃《ほこり》さえ彼女を祝福して舞っているかのようだった。

腕をひろげて出迎える彼女と下火は抱きあった。背後では『ライブ&レア』のアウトロが流れている。その振付はもう下火の頭によみがえっていた。だがアーシャにきつく抱きしめられて動けなかった。下火も彼女をどこにもやらないつもりで固く抱いた。「おかえり」と彼女が耳元でささやいた。

百合香が近寄ってきて下火とアーシャの頭をぽんぽんとたたいた。

「んじゃ、締めよっか」

アーシャが体を離した。下火の目を見て一度うなずき、客席の方を向く。

「今日は来てくれてありがとう！　メロディ・リリック・アンド・チューンでした！　愛してるよ！　バイバイ！」

「このあとのDIE！　DIE！　ORANGE！　もよろしく。最後まで楽しんでってね。今日は本当にありがとう」

百合香がそういって観客にお辞儀《じぎ》をする。

ふたりは何度も手を振りながら袖にさがっていった。ライブは終わろうとしている。ひとり残った下火は観客に対する感謝の気持ちに身を震わせていた。自分をアイドルにしてくれた。ダイブしておまけにその上で立つという暴挙に出た自分を文字どおり支えてくれた。

もう二度と歌わない、踊らないと宣言すべきなのではないかと思った。そうすれば今日のこのパフォーマンスが特別なものとして彼らの記憶に刻《きざ》みこまれるだろう。

お客様は本当に神様で、その至高《しこう》なる存在を楽しませるためには生贄《いけにえ》が必要だった。

下火はマイクの先の丸いところをまわしてはずし、客席に投げこんだ。中から出てきた音を拾う部品をひっぱり、配線を引きちぎってそれも放りなげる。持ち手の部分も観客に投げわたし、下火はステージをあとにした。

階段をおりてテントに入ると、ナズマが涙を流していた。

「よしよし、泣くな泣くな」

百合香が彼の頭をぽんぽんとたたく。

「ナズマってホントすぐ泣くよね。バカみたい」

そういいながらアーシャはもらい泣きして浮かべた涙を指でそっと拭った。

（ドルサーの王子……）

下火は女子二人に挟まれてめそめそ泣いているナズマをじっと見た。

「アコ、もどってきたか」

ナズマが下火に目を留めた。「お疲れ。はい、タオル」

「あ、うん（いやいや……そっちが涙拭《ふ》けよ）」

下火は差しだされたタオルを受けとった。ナズマがじっと見てくるので恥ずかしく、汗なんかかいてないふりで鼻の頭を軽くこすったりした。

「ホントよかったよ。何度も鳥肌立った。歌が公園中にひろがっていって、お客さんの上に降りそそいで……あんなきれいなものは見たことない。おまえら、天才だよ」

「あ、うん（またベタ褒めか……LEDが天狗《てんぐ》になってスキャンダル起こすのも当然だよ……こんなに全肯定されたら、自分を何をやっても許される特別な存在だと思っちゃうに決まってる……）」

DIE！　DIE！　ORANGE！　の千々谷凛がやってきて百合香に声をかけた。

「お疲れ様です。すごいよかったですよ」

「ありがと」

百合香はペットボトルの水を口いっぱいに含んで頬をふくらませた。

「このグループは本当にいいですよ。あのころの世界よりいいかも」

「あんたちょくちょく私のことディスるよね」

「いや、でも猫野先輩もよかったです。あの二人との年齢差を感じさせない若々しさで」

「おまえマジでいい加減にしろよ」

百合香が口から水を吹き、凛はあわてて跳びのいた。

「おーい、メロリリ諸君――」

国速がタブレット片手に入ってきた。「いいパフォーマンスだったな。ところで、マイクぶっこわした件で音響さんがブチキレてんだが、どうすんだこれ」

ナズマが手の甲《こう》で涙を拭い、ほほえみかける。

「最後のあれ、スゲエかっこよかったからね。しょうがないよ。弁償《べんしょう》しよう」

「弁償ってカネ持ってんのかよ。俺は持ってねえぞ」

「俺もない」

「じゃあどうすんだよ……」

国速が頭を抱えるがナズマは余裕の笑顔で、それが下火には可笑《おか》しかった。矛先《ほこさき》が自分に向くのは嫌なのでテントの隅へ移動する。

そこへ母が近づいてきた。

「これで気が済んだ？」

顔をのぞきこんでくる。あいかわらず人の神経を逆撫《さかな》でするようなことを平気でいうので下火はタオルに顔を埋め、長々と息をついた。

「さあ、アイドルごっこはもうおしまい。アコちゃんは本物のアイドルになるんだからね」

「……ごっこではない」

下火はタオルの中でくぐもった声を出した。

「これからナツミちゃんと食事に行くけど、アコちゃんも来るでしょ？　ＬＥＤの話とか聞いておきなさい」

「……私は行かない」

下火はタオルを顔からはずし、はっきりと答えた。母は眉《まゆ》をひそめる。

「え？　何いってるの？」

「……私は行かない。食事にも、LEDにも行かない。私はここに残る」

「え？　何いってるかわかんない。アコちゃん、むかしからボソボソしゃべるんだもん」

いわれて下火は一歩近づき、母を正面から見すえた。

「……私はもうこれ以上ないくらいにアイドルだから、LEDには行かない。行く必要がない」

「ちょっと……アコ――」

母の眉間《みけん》のしわがいっそう深くなった。「もう事務所や運営の人に話とおしてあるのよ？」

「(許してニャン以外のことばが出てこないんだが……) ごめん」

「私があなたのためにどれだけ頭さげたかわかってるの？」

「(いや、だからさあ……) ごめん」

「私だけじゃなくて、もうたくさんの人が動きはじめてるのよ？　いまさらやめるってできると思う？」

(だからごめんっていってるだろうが！)

心の火薬庫に火が点《つ》きそうになり下火は深呼吸して爆発を抑えた。

「……いままで私は誰かの力でアイドルにしてもらおうと思ってた。でもそれはまちがってた。

アイドルは自分でなるものだ。選ばれてなるものじゃない。夢見るものでもない。他の誰も私をアイドルにできない。私をアイドルにできるのは私だけなんだ」

「アコ……何バカなこといってるの？」

母は下火の肩を両手でつかんだ。「まともなアイドルになれるのはまともな事務所に入ってまともに推《お》された子だけよ？　本人のやる気とか能力なんて関係ないの。やる気のあるかわいい子がゴミみたいな仕事をさせられるのがこの業界なのよ」

「（さすがゴミみたいな仕事してきた元アイドルのいうことは説得力があるな……）うん」

下火はうなずいた。

「その点、あなたは私がいるからちゃんとした事務所に入ることができるし、ちゃんと推してもらえる。私がちゃんと見てるから、変なあつかいは絶対にされない。『焉藤結衣の娘』ってことですぐみんなにおぼえてもらえる。テレビにもすぐ出してあげる。企画書《きかくしょ》はもうできあがってるから。『芸能人親子料理対決』っていうの。もちろんあなたを売りだすための企画」

「（親子でテレビ出演って時点でB級タレント感ハンパないんだが……）うん」

下火はうなずいた。

「あなたひとりの力でそこまでたどりつくなんて無理よ。だいたい、さっきのステージ何？　音はうるさいし、歌詞はわけわかんないし、ダンスはかわいくないし、お客さんに揉《も》みくちゃにされるし――ああいう地下アイドルみたいなのは絶対にメジャーになれないからね」

「（はい殺意）うん」

下火はうなずいた。

「あなたはむかしからひとりじゃ何もできない子だったじゃない。友達できなくて私がみんなの家に頭さげてまわったんだからね。『うちの子と仲よくしてください』って。保育園のときも、お遊戯会《ゆうぎ》で『主役がよかった』っていうから私――」

「あの、ちょっといいですか」

親子の会話に突然ナズマが割ってはいってきたので、下火はぎょっとして彼を見あげた。

（コイツ……ここで異議を唱《とな》えるとか、アメリカの敏腕弁護士並みにメンタル強いな……）

下火の母もあっけに取られた様子で下火の肩から手を離した。

ナズマは彼女に向けて語りかける。

「さっきから聞いてて、アコが何にもできないみたいな感じになってますけど、ホントは何でもできますから。歌もダンスもうまいし、作詞もできるし、寮の先輩からはかわいがられてるし、同じクラスのやつらからはリスペクトされてますから」

そういって彼は下火に目配せをした。

（また褒める……褒《ほ》メラニアンか！）

下火はいつになく雄弁な彼をすこしドキドキしながら見つめた。

「それに僕、思ったんですけど、あなたはアコのことを下に見てますよね。家族っていうより、保護する対象って感じで。そういうのが欲しかったら、ポメラニアンでも抱っこして余生をすごしてくださいよ。一人の人間をそういうふうにあつかうのはやめてください」

（まさかのネタかぶり……）

下火はいつになく攻撃的なナズマを心臓バクバクいわせながら見つめた。

離れて立っていたなちゅりが巻きこまれまいとしてか、顔を背《そむ》けた。

下火の母は顔を真っ赤にしてナズマをにらみつけていた。

（あ～あ……この人、口答えされるの超嫌いだから……）

下火の母がナズマにつめよる。

「黙っててもらえます？　これは家族の——」

彼女のことばに背を向け、ナズマは下火の前に立った。

「アコ、俺は前にいったことを撤回する。ＬＥＤなんか行くな。ここにいてくれ。おまえの歌、ずっとそばで聴いていたい。今日会場にいたみんながそう思ったはずだ。みんなおまえのことが好きなんだ」

「（だから行かないっていってるだろうが！）うん」

心の火薬庫とは別の、知らない何かに火が点きそうになり下火は深呼吸した。

「アコ、あんたねえ——」

下火の母の顔は怒りのあまり、どす黒くかわっていた。「いい気になってるけど、あんたなんか本当はアイドルなんてなれないからね」

（ん？　どういうことだ？）

下火は首をかしげた。

母はどす黒い顔にゆがんだ笑いを浮かべる。

「あんたは自分の力でＬＥＤ研修生のオーディションに受かったと思ってるんだろうけど、本当は私が根まわしした結果だから。私の力がなければあんたは誰にも相手にされないのよ」

（ああ……この人は……）

下火は天を仰いだ。料理の才能はどうだか知らないが、娘の心を折る才能は天性のものといっていい。

いっそなぐって黙らせようかと思っていると、突然ナズマが笑いだしたので下火はおどろいた。下火の母も気味悪げにナズマを見る。

ナズマの高笑いはテントの下に響いた。

「ハハハ、マジでみんなのいうとおりだな」

周囲の者はきょとんとしている。

ナズマは笑い泣きでもしたかのように目をこすった。

「こんだけ才能のあるアコを自分の目で見て選べないとか、節穴すぎ。ＬＥＤってやっぱクソだわ。ねえ、くぅちゃん？」

急に振られて国速はぎこちなくうなずく。

「お、おう……曲も衣装もＭＶもすべてクソだ。なあ、アーシャ？」

「うん」

アーシャは大きくうなずいた。「ＬＥＤは合コンやツーショットプリクラや上カルビにまみれてるクズ。ねえ、先輩?」

「そうだよ」

百合香は腕を組んだ。「LEDは見つけ次第殺す。区役所前にあるお犬様の銅像も『見つけ次第殺すワン』ってゆってた」

下火の母は情勢が不利なのを察したらしかった。まわりを見渡し、大きく息を吸う。どす黒かった顔が青ざめはじめた。

「アコ、これが最後のチャンスよ。本当に私と来ないの?」

「(家を出ていくときには私とお父さんに最後のチャンスなんてくれなかったよね)うん」

下火はうなずいた。母はナズマを一度にらみつけてから踵《きびす》を返した。その後ろ姿を見送って下火は、彼女がむかしから怒っているときには小股《こまた》でせかせか歩いていたことを思いだした。

なちゅりが国速に歩みよる。

「今度、高校生の作家集めてコンペするって企画があるんだけど、参加してみない? それで勝ったらLEDのシングル曲になるって」

「いや……俺はいい」

国速は下火の方を見た。「俺、自分の書く曲があまり好きじゃなかったんだ。でも今日コイツらのステージ観て、自分の曲をすこし好きになった。だから俺はコイツらのプロデュース、もうすこしやってみたいんだ」

「そう……」

なちゅりはすこしさびしそうな顔をした。彼女は国速のことを引きずっているのだと下火は悟った。もしかしたら国速を嫌いになって離れたのではなく、むしろ逆なのかもしれない。

(男と女のあいだにはいろいろあるんだなあ……)

そんな一筋縄《ひとすじなわ》ではいかない大人の恋愛に割ってはいったのがお子ちゃま単純単細胞のナズマだった。

「なちゅりさん、うちのグループ、いまメンバー募集してるんですよ。もし興味があったら連絡ください。さっき名刺渡しましたよね?」

国速が笑いだした。

「ハハッ、ナズマおまえどうしたんだよ。今日キレッキレだな」

なちゅりは怖い顔でナズマをにらんだ。

(あっ、いま一瞬、黒なちゅりが出た……)

彼女はすぐいつもの天使すぎるスマイルにもどり、下火に目を向けた。

「それじゃあアコちゃん。また会おうね。今日は楽しかった」

「あ、どうも」

下火はひょこっと頭をさげた。

「ナツミちゃん、もう行くよ」と下火の母にせかされ、なちゅりは芝生の上を小走りに去っていった。

それを見送る下火は、自分の頬を一筋の涙が伝っていることに気づいた。

（私が傷つくのは、まだ心のどこかであの人を母親だと思っているからなんだ。だからいつも裏切られたような気分になるんだ。これって一生つづくのかな……）

「アコ、おまえ――」

ナズマが下火の肩に手を置いた。「あの親のもとでよくまともに育ったな」

「（ほんとそれ）うん」

うなずくと、涙がひとしずく落ちた。

ナズマは下火を抱きよせた。彼の胸におでこをぶつけて目の奥でちかちか火薬か星か、爆発して白く光った。

「泣くな。今日はホントよくやったよ。だから泣かなくていい」

「……うん」

彼の指が髪のあいだを滑っていく。父の手つきよりもずっとがさつだ。だがナズマの指はいまここにあった。それだけでもう、他とはくらべものにならない。

下火は彼の胸に顔を押しつけ、あとからあとから湧きでてくる涙を止めようとした。

（こんな悲しいことが一生つづくのだとしても……ナズマがなぐさめてくれるなら、それでいいし……それが私とナズマのＥｔｅｒｎａｌだし……）

だが下火の人生でそんなふうにすんなりとことが運んだためしはやはりなかったのだった。

「じゃあ交代」

そういってナズマが体を離す。

（はい？）

下火は彼の見ている方向に目をやった。

アーシャが両の拳を固く握り、下唇《したくちびる》をかみしめながらこちらをにらんでいる。

（ヒッ……！　ドルサーの王子をめぐる争い……！）

「ほら、アコにいいたいことがあるんだろ？　こっち来ていえよ」

ナズマにうながされ、彼女は下火の前まで来た。

「LED行くのやめたの？」

にらみながらたずねてくる。下火はうなずいた。

「……うん」

「寮を出るのもやめたの？」

「……うん」

「メロリリつづけるの？」

「……うん」

下火は尋問《じんもん》でも受けているような気分になった。

「よかったな、アーシャ」

ナズマにいわれてアーシャはぷうっとふくれた。

「別にうれしくない！」

「素直じゃねえなあ」

ナズマが笑う。

下火は深く頭をさげた。

「……アーシャ、勝手なことばっかりいってごめん。許してほしい。それから、またいっしょにアイドルやってほしい」

アーシャは答えない。下火はつづけた。

「……また友達になってほしい。お願い」

「ほら、返事は?」

ナズマにいわれてアーシャは、

「うれしくない!」

同じことばをくりかえす。

下火は顔をあげた。アーシャの大きな目が涙でいっぱいになっているのを見た。

「うれしくない! これからまた、ずうっとアコチンといっしょに暮らさない!」

そういってアーシャは下火に抱きついてきた。下火の体に腕だけでなく脚までからませてしがみつく。

(二重の意味で重い……)

小さな下火は彼女の体重を支えきれずにふらついた。

選ぶとか選ばれるとかではなく、最初からそうであったかのように友達になりたかった。この街で出会った偶然も必然と思えるような圧倒的な存在感とぬくもりがアーシャの肉体にはあって、下火は同じものを相手に与えたいと思った。夢ではなくささやかな理想だった。

河野にせがまれてＴシャツにサインをした。ナズマがアイロンプリントで作った偽《にせ》ＬＥＤロゴＴシャツだ。

（けっこういいエンブレムだな……。これはベルギー人もびっくりだわ……）

ＬＥＤのロゴがまったくのオリジナルで、知らない人が見たらおしゃれなショップで買ったものとかんちがいしそうだ。

アーシャが下火のサインを見てほほえんだ。

「アコチン、サイン上手」

「……そう？」

「けっこう練習したでしょ」

「……うん」

「やっぱするよね。私もした」

アーシャも堂に入ったサインをさらさらと書いてみせる。

そのままＴシャツの余白にふたりして落書きしていると、アーシャの母と妹が姿を見せた。

「ママ！」

アーシャはかけていって母に抱きつく。「私たちのライブ、観てくれた？」

「うん。アーちゃん、よく踊れてたよ。髪型もかわいい」

アーシャの母は娘の髪を撫でた。そのかたわらに立つアーシャの妹に国速が声をかける。

「このあいだの彼氏はどうしたんだ?」

マリは手にしたノートに何事か書きつけ、彼に示した。

——たくさんいる友人の一人と聞いております。

「事務所のコメントかよ」

マリは下火の前に来てノートをひろげる。

——ステージで歌うアコチンさんはまるで沖津通りをレーシングカーでかけぬけるゴダイヴァ夫人。歌いながら観客に運ばれていく姿はまるで重力に逆らい牙《きば》をむくトラ。私はすっかりメロリリのファンになった。

「(なるほど、まったくわからん)ありがと」

下火はマリのノートにサインし、握手してやった。

ステージの方から大きな音が聞こえてくる。アーシャが下火の袖をつかんでひっぱった。

「ダイダイのライブがはじまったみたい。観に行こう、赤穂珍右衛門殿《あこうちんえもんどの》」

「……サムライ化するな」

ひっぱられるままにステージの袖まで移動する。

千々谷凛がステージをおりて観客を誰彼かまわずぶんなぐりはじめたので客席は、逃げまどう者、つまずいて芝生の上にたおれる者、自分からなぐられに行く者が入りみだれ、大混乱になった。

「これは……だいじょうぶなの、こんなことして」

アーシャの母はドン引きした様子でその地獄絵図を眺めていた。

「だいじょうぶですよ。あの千々谷凛ってやつはむかし日本拳法習ってたって話なんで。知ってます、日本拳法？」

国速のとんちんかんなフォローにアーシャの母はいっそう困惑した表情を浮かべる。

アーシャが下火の手を引いた。

「ここで観ててもしょうがない。踊りに行こう、ジ・アーティスト・フォーマリー・ノウン・アズ・アコチン」

「……誰が謎の記号だ」

反対の手をマリが取る。

手をつなぎながらテントを出て、ステージに向かう人の流れと暴力から逃れようとする流れとで渦巻《うずま》く客席に向かった。ステージ上から見るのとはまたちがった光景がひろがっている。

自分の悲しみにも別の場所から見ればまたちがった面があると下火は思った。もっとひどいものかもしれないし、笑ってしまうようなことでしかない可能性もある。いずれにせよ、下火はひとつの場所に縛《しば》られず、自由に動きまわる力を手に入れた。悲しみで身動きの取れなくなっていた時間は終わりを告げた。

下火はかけだした。アーシャもマリも足が遅く、下火はふたりの手を取ってひっぱりながら、これが自分の役割だと思い、激しい音と互いにぶつかりあう肉体のあいだに頭からつっこんでいった。

エピローグ★「彼女たちは小さくて誰にも見えないけれど決して消えない光」

日曜日の昼さがり、寮の住人たちは中庭に出て、芝生《しばふ》の上で日向《ひなた》ぼっこをしたりお茶を飲んだりする。

ナズマはそれを窓越しに見ていた。

下火《あこ》とアーシャが何やらじゃれあっていたかと思うと寮の建物に入っていった。もどってくると芝生に新聞紙を敷き椅子《いす》を置いて、アーシャがそこに座る。彼女は大きな白い布を首に巻き、てるてるぼうずのようになった。下火が美容師みたいなベルトをつけてアーシャの前髪にはさみを入れる。

「くぅちゃん、アコがアーシャの髪切ってるよ」

ナズマは室内をふりかえった。

国速《くにはや》はパソコンの画面から目を離さなかった。

「あんま切りすぎんなっていっとけ。せっかくライブ動画作ってんのにいきなり髪型かわってるとか最悪だからな」

沖津《おきつ》四季の森公園でのライブはたくさんの人に撮影されていた。それを提供してもらい、編集して一本の動画にする。

画面にはちょうど下火が観客に持ちあげられて立つシーンが映っていた。

三日たってもあの日の光景はナズマの脳裏《のうり》を去っていなかった。下火が歌うと、公園にかがやく幻《まぼろし》が降った。ひらけた空間で彼女の声が拡散してしまうことを心配していたが、彼女はスカートをつかみ、力を振りしぼって声を響きわたらせた。それが空に結晶し、地上にもたらされた。幻の光を浴びた観客はみな明るい顔をしていた。幻を見られないはずの彼らが、見ることのできるナズマと同じ表情を浮かべている。

舞台袖《そで》で目を閉じると、言祝橋《ことほぎばし》の交差点、春日《かすが》高につづく坂道、沖津通りの銀杏《いちょう》並木、神無川沿《かんながわぞ》いの道――そのすべてに幻が降った。小学校の教室、中学校の廊下にも降った。逃げだしたあとでひとり立ちつくすナズマの上にも降った。

それはいまこのときに降っているのかもしれないとナズマは思った。過去は過去でなく、無限にひろがるいまの一部だった。いまもナズマは逃げつづけている。そんな彼にも幻は降った。しょぼくれた顔をしている小学生のナズマ、座りこみうつむいていた中学生のナズマが空を仰《あお》ぎ、てのひらに幻を受けて笑いだす。涙が出た。彼らに祝福があったと思った。

父を亡くした下火、アイドルに裏切られた国速、どこに行ってもお姫様なアーシャにも祝福があってほしいと願った。彼らに幻は見えなくても、そこから放たれる光は決して消えない。やがて彼らは幻の降る街へとたどりつく。

この街で彼らといることを魔法のようだと思った。

ナズマは窓をくぐって中庭に出た。ちょうど下火がアーシャの髪を切りおえて服にブラシをかけているところだった。

「わあ、かわいい！」

手鏡をのぞきこんだアーシャが声をあげる。「アコチン天才だ！」

前髪を触っているのでそこを切ったものと推測《すいそく》できたが、ナズマには切る前とどうちがうのかわからなかった。だがマネージャーの原則にしたがい、褒《ほ》めることにする。

「うん、かわいいな」

褒めるのは楽だった。かわいい女の子と相対《あいたい》していて相手がかわいいことに触れずにいるなんて、いま考えると不自然なことだ。

せっかくナズマが褒めたのにアーシャはぷうっとふくれた。

「かわいいのは知ってるよ！」

ぷいっと顔を背《そむ》けて百合香《ゆりか》たちの方へ行ってしまう。切ってもらった前髪をレジャーシートの上で車座になっている先輩たちに見せびらかす彼女のお尻《しり》がワンピースの下でぷりぷり揺れて、ナズマは笑いだしそうになった。

「……髪、切ろっか？」

下火がこちらを見ていた。

「え？　髪って俺の？」

「……うん。伸びてるから」

確かに春休みに切って以来、そのままにしていた。引っ越してきてからいろいろといそがしく、床屋や美容院の新規開拓はあとまわしになっていたのだ。

「じゃあ……切ってもらおうかな」

ナズマがいうと、下火は椅子についた髪の毛を払いおとし、地面に敷く新聞紙をあたらしいのと取りかえた。彼を椅子に座らせて首に白い布を巻き、硬《かた》い毛のブラシで髪を梳《と》かしたあとで、霧吹《きりふ》きの水をたっぷりとかける。

「……どれくらい切る？」

「うーん……よくわからんからおまかせで」

「……わかった」

下火はうなずき、ベルトからはさみと櫛《くし》を抜きとった。はさみは持つところがピカピカ光っていかにも高級そうだ。

「それ、お父さんの？」

「……うん」

「よく人の髪切るの？」

「……たまにお父さんの切ってた」

下火は櫛で髪を一房《ふさ》取り、指で挟《はさ》んでから切りおとす。手慣れた様子で、テンポよくはさみを動かしていく。頭の上の方の髪を切っているあいだ、彼女の胸がナズマの目の前にあった。息をはいたら乳房のあいだで張りつめたTシャツの生地《きじ》に当たって波打ちそうなほど近い。両腕をあげた姿勢は、ふつうにしているよりはるかに胸が無防備であるように感じられた。

「あれ？　アコ、今日はパーカー着てないな」

「……今日あったかいから」

彼女は櫛の背をはさみで打った。

その手は小さく、腕は細く、いつものとおり無口で無愛想《ぶあいそう》で無表情で、あんなにすごいパフォーマンスをおこなって観客を魅了する力がどこに秘められているのかと不思議になる。彼女ならLED《エルイーディー》に行ってもトップクラスになれただろう。

彼女はいっていた――アイドルは選ばれてなるのではなく、自分でなるものだ。

ナズマは選ばれてよろこんでいた。希望の高校に入ればすべてがかわり、うまく行くと思っていた。

だがそれはちがう。自分がかわったわけではない。問題は何をやるかだ。何を選びとるかだ。

ナズマはメロリリのマネージャーになることを選んだ。好きだからやろうと思った。

夢ができた。彼女の歌が作りだす幻をもっとたくさんの場所で降らせたい。幻を降らせる彼女のことをもっと近くで見ていたい。

幻を生みだす彼女の力でこの街全体を魔法にかけたかった。すべての通り、すべての交差点、すべての街角に、かがやく幻を降らせる。浮かれている人も落ちこんでいる人も逃げだしている人もみんな笑顔になる。マネージャーに就任したのは逃げだすためだったが、もう逃げない。これから三年間暮らすこの街をうつくしい街にかえてみせる。

「おーい、なんでおまえが髪切ってんだよ」

国速が自室の窓から身を乗りだしていた。

「いやあ、何ていうか流れで――」

返事をしようとしたナズマは下火に頭をつかまれ、正面を向かされた。

「おまえが髪切りすぎても全然構わんから、いっそ坊主《ぼうず》にしたらどうだ。坊主にして号泣《ごうきゅう》謝罪会見しろ」

「謝罪すんの？　俺が？　何を？」

いいかえしたナズマは下火に頭をつかまれ、正面を向かされた。

彼女の指が髪のあいだで動き、彼女の息遣《いきづか》いが耳をくすぐる。彼女を見つめるナズマの視線はナズマの髪を凝視《ぎょうし》する彼女の視線をかすめて、ふだんは隠された大きな胸にぶつかる。

彼女は近くにいた。アイドルとファンという立場ならありえない距離だ。

ナズマはマネージャーだからこの近さにいられる。一番近くて一番遠い。アイドルに恋愛禁止のルールを課すなら、マネージャーこそそのルールを遵守《じゅんしゅ》しなければならない。

好きだから、そばにいる。好きだから、これ以上近づけない。

かなった夢の代償《だいしょう》は胸の痛みだった。

新聞紙の上に落ちる髪がずいぶんと多くなっているのに気づいた。鏡がないので、いま自分の頭がどうなっているのか確かめられない。

下火がナズマの正面にまわり、前髪を切りはじめた。腰をかがめるのでナズマからは彼女の胸元がのぞけた。鎖骨《さこつ》の奥の影がＴシャツの色に染まって赤かった。

「……できた」

そういってアコが手鏡を差しだしてくる。受けとってナズマはそれをのぞいた。

「ああ……ずいぶんみじかいな」

いままでにしたことのないみじかさだった。そのせいか、ふだん鏡で見る顔より骨っぽく男っぽく映る。

「どう？　似合ってる？」

下火にたずねると、

「……すごくいい」

彼女は深くうなずいた。

下火がそういうのならそうなのだろうと思いナズマはもう一度鏡をのぞきこんだ。中庭に吹きこむ西風をいつもより肌《はだ》に近く感じた。

髪を流してくるようにいわれてナズマは風呂場に行き、頭を洗った。中庭にもどると、下火がドライヤーを手に待っていた。国速の部屋から延長コードで電源を取っている。窓の下に置かれた椅子に座り、ブローしてもらう。

頭上に人の気配があった。

「ナズマおまえ、アコにプロデュースされてんのな。アイドルにプロデュースされるマネージャーなんて前代未聞《ぜんだいみもん》だぞ」

国速の声にふりかえろうとしたナズマは下火に頭をつかまれ、正面を向かされた。

「アイドルだってプロデュースすることあるでしょ」

「まあ、服とかなあ……待てよ。ナズマがアコにプロデュースされ、アコが俺にプロデュースされ……このプロデュース連鎖《れんさ》、次に来るのは俺がナズマにプロデュースされるという可能性……」

「とりあえずくぅちゃんの部屋プロデュースしたいわ。クソきたねえから」

髪が乾くと、下火はワックスをつけはじめた。ナズマが自分でつけると五秒くらいで終わってしまう作業も下火は毛束を作って入念におこなう。

「おーいナズマ、こっち来て」

百合香に手招きされ、ナズマはたちあがった。下火もついてくる。

レジャーシートに座った百合香はナズマを見あげて笑った。

「へえ、みじかいのいいじゃん。かわいいかわいい」

車座になった寮の住人たちも「いいね」「似合う似合う」と口々に褒める。その中に交じって座っていたアーシャも「かわいい」と口にするが、あわてて、

「アコチンの腕を褒めたんだからね」

とつけくわえた。

その間も下火はナズマを中心に動きまわりながら髪をつまんでひねったり一本だけ飛びでた毛を切ったりする。

「映画撮影の合間みたいだな」

誰かがいって笑いが起きる。

「ナズマ、ちょっとフェミマ行ってカフェラテ買ってきて。あと、お菓子いくつか適当に」

百合香にお金を差しだされ、ナズマは顔をしかめた。

「自分で行ってくださいよ」

「は？　おまえ、壊したマイクのお金立てかえてやった恩を忘れたのか？」

百合香が立ちあがり、顔を近づけてにらんでくる。

ライブの出演料としてメロリリは五千円をもらったが、マイクの代金には全然足りない。ゲストとして参加してくれたことも含め、百合香に対しては借りだらけだ。

「わかりました……行ってきます」

仕方なくナズマは窓の方へ引きかえした。あいかわらず下火がついてくる。

「……私も行く」

「え？　いいよ、俺ひとりで」

「……でも……実は、あのマイク壊したの私だし」

「知ってる」

自分の部屋の窓からあがりこんでいると、

「待ってー」

アーシャがあいかわらず大きなお尻を重たげに揺すりながら走ってきた。「私も行くー」

彼女はひとりでは窓枠《わく》を乗りこえられず、下火の手を借りた。

「アコチン、またチョコ買うの？」

「……いや、アイス買う」

下火はすたすたナズマの部屋をとおりぬけるが、アーシャはこわごわあたりを見まわした。

玄関を出ると、冷たい風が三人を襲《おそ》った。半袖の下火が露出《ろしゅつ》した腕をさする。

「パーカー着てきたら？」

ナズマがいうと下火は頭《かぶり》を振る。

「……いい」

「でも風邪引くぞ」

下火は不満なのか唇《くちびる》を尖《とが》らせていたが、

「……マネージャーの指示なら」

といって寮に引きかえしていった。

ふたりきりになるとアーシャはナズマの髪を見つめた。

「その髪型、ホントかわいいと思う」

「そう？　ありがと。アーシャもかわいいよ」

「……ありがと」

ふたりきりになるとアーシャはいつものとげとげしさがなくなり、妙に優しくなる。それにとまどってナズマは会話をつづけられない。彼女はひょっとしたら自分のことが好きなのではないかと思う。

下火とアーシャは、ひとりのときもふたりのときも、ナズマをとまどわせる。それでナズマは困ったかというと、決して困らない。彼はこの街にいる。この街を縦横《じゅうおう》に通じている路《みち》は、どれを選んで行っても自分を失望させないことを彼は知っていた。根拠はないけれど、確かにそうなのだった。

強い風が吹き、下火に切ってもらったばかりの髪もアーシャのワンピースのスカートも揺れる。あたらしい街がまたはじまると思いナズマは、寮の建物の陰から脱けでて日を浴び、睫毛《まつげ》の上に転がる幻のような光を見た。

BONUS TRACK★「四十五度のお湯にアーシャはあふれて」

「汗《あせ》かいちゃった。アコチン、いっしょにお風呂《ふろ》入ろ」

アーシャに背中を押されて下火《あこ》は浴場に向かった。

コの字型をした寮の中で浴場は食堂の反対側に位置する。中には四個のカランと大きな浴槽《よくそう》があるが、いまは誰も使っていなかった。いつもは満員で、場所を取るのも一苦労なのに、こうして無人なのはめずらしい。

アーシャが服を脱ぎすてて浴室に入る。服をたたんでいて遅れた下火は彼女のうしろ姿を見つめた。

(アーシャって……お尻《しり》大きいけど、いや、みじかいっていうか、身長の中でお尻の占める割合がものすごく小さいんだよな……だからすっきりしてて脚《あし》が長く見える)

下火は鏡に自分の体を映してみた。

(一方の私は……お尻が長くて安定感抜群《ばつぐん》……しりながねえさん《シスター・ロング・ヒップ》……)

ふたりきりなのでどこに座ってもいいのだが、ふたりきりなのに離れて座るというのもおかしな話で、ふたりは並んで腰かけた。

髪を洗っていると視線を感じる。まさか心霊現象でもあるまいし、何事かと思い、下火はつぶっていた目を開いた。

アーシャがみずからも髪を洗いながら下火の胸を凝視《ぎょうし》していた。

女どうしだから別に見られてもいいのだが、裸《はだか》の胸に視線を浴びつづけるのも変な気がして下火は腋《わき》を締め、乳房《ちぶさ》を押しつぶすようにして隠した。

体を洗っていると、またアーシャが胸を見つめてくる。下火はボディソープの泡《あわ》を塗りたくって乳房を覆《おお》った。

体を流して浴槽に向かう。

腰まで浸《つ》かったアーシャが「ひゃっ」と声をあげて立ちあがった。

「熱《あ》っつい！　この寮、江戸《えど》っ子がいる！」

アーシャは太腿《ふともも》やお尻をたたいてお湯の刺激を散らそうとした。浴場のぼんやりとした照明にかがやくお尻が柔らかく震える。

下火は熱いお風呂が大好きな江戸っ子なので、ざぶりと肩まで浸かった。浴槽の縁《へり》に置いておいたコップから歯ブラシを取り、歯を磨《みが》く。

「あっ、アコチンまたお風呂で歯磨き？」

「うん（お風呂で歯を磨くというこの下火しぐさ、夜八時以降は食べ物を口にしないという決意のあらわれであるとされている……）」

「お風呂で歯磨きなんてめずらしいよね。そんなことするのアコチンくらいじゃない？」

「うん（この下火しぐさ、伝承者《でんしょうしゃ》が虐殺《ぎゃくさつ》されてしまったため、現代において身につけている者はほとんどいないとされている……)」

アーシャが恐る恐る中腰になり、腰までお湯に浸かった。

下火が歯磨きするところを彼女は見つめる。歯ブラシが動くところに注がれていた視線が次《し》第《だい》にさがり、水面に落ちた。下火が手を動かすたびに生じる波が乳房の丸みをゆがめて映す。

見られていると感じて下火はアーシャに背中を向けた。

「ねえアコチン——」

アーシャの迫ってくるのが背中に当たる波でわかった。「ちょっとだけ、ちょっとだけでいいからおっぱい触らせて」

(は?)

下火は口の中の泡を吹きだした。

口では許可を求めながらアーシャは、ことわりなく手をまわし、下火の乳房を下から持ちあげた。

「あっ、すごい! 重い!」

逃れようとした下火をアーシャはぎゅっとつかんで引きとめる。

「すごい! 柔らかい! これ枕にして寝たい!」

(アメリカの人体家具職人かな?)

下火は湯船を出てアーシャの手から脱しようとした。浴槽の縁に足をかけたところで、うしろから体重をかけられる。

倒れそうになってとっさに下火は床に手を突いた。タイルの縁がてのひらに食いこむ。背中にアーシャの肌《はだ》が張りつく。お湯よりも冷たい。小ぶりな乳房が肩の骨を圧《お》す。

「ヤバイこれ！　いつまででも触っていられる！」

アーシャの指が乳房の先へと迫ってくる。引きはがそうとするが、片手を床に突いているため、手数《てかず》で負けてしまう。

（ヤバイこれ……こんなとこ誰かに見られたら……）

そのとき、浴室のガラス戸がカラカラ音立てて開いた。

「そんでさあ、ユリカさんがさあ――あっ……」

双子《ふたご》の天涯《てんがい》姉妹が入口で立ちつくしていた。同じ顔、同じ裸体《らたい》がふたつ並ぶ。

「アーシャって……やっぱりレズだったの？」

「い、いや、やっぱりって何なんですか！」

アーシャは体を離し、湯船に沈んだ。

下火は屈辱《くつじょく》に身を震わせていた。プライドが高いため、失敗や失態を他人に見られるのは大嫌いなのだ。

（くっ殺《ころ》……）

湯船からあがり、先ほどまで座っていた椅子《いす》にもどってうがいをした。となりに置いてあったお風呂セットを取ってアーシャが脱衣場に向かう。

その大きなお尻が顔の横をとおるとき、下火はさっきのお返しに思いきり平手打ちした。アーシャはふりかえり、お尻をさすってなぜかうれしそうに笑った。

浴場を出て廊下を行くと、左手に多目的スペースがある。そこから謎の物音が聞こえてきた。のぞいてみると、ナズマと国速《くにはや》が真剣な表情で卓球をしていた。

「うおー、暑《あ》っち～」

国速が脱いだTシャツで顔の汗を拭《ぬぐ》う。ナズマも脱いで上半身裸になった。

「くぅちゃん、十一点勝負しよう。負けた方が風呂あがりのジュースおごりね」

「よっしゃ、受けて勃《た》とうじゃん？」

下火は廊下で半裸《はんら》のふたりをじっと見ていた。

（男どうし、密室、台上の格闘技——何も起きないはずがなく……）

アーシャがスマホを取りだす。

「一応写真撮っとこうか」

「うん（よし、『リベンジポルノ』フォルダに保存、と……）」

ナズマの裸を写真に収め、階段をのぼる。

「今度アコチンのおっぱいも写真撮らせて。いいでしょ？　壁紙にするから」

「いや……（するからの意味がわからないんだが）」

下火の部屋にアーシャもついてきた。床に座った彼女の髪を下火はプロ仕様のドライヤーでブローする。

「アコチンのドライヤー、すごくいいよね。パワーが全然ちがう」

「うん（整髪料でどうにかしようとしてるやつは素人《しろうと》。髪型はブローで八割方決まる！）」

手櫛《てぐし》でひっかかりを取りながら風を当てていると、アーシャがふりかえった。

「ねえ、さっきいってたポエムノート、見せて」

（は？）

アーシャがいきおいよく立ちあがるので、その髪をいじっていた下火はのけぞってしまった。

床に積んであるダンボール箱をアーシャはことわりもなく開ける。

「ねえ見せてよ。どこにあるの？」

「いや……（何なんだよ。麻薬取締官《マトリ》かよ）」

ガサ入れするアーシャの腰を下火は背後から抱きかかえた。ダンボール箱から引きはがし、力まかせに振りまわす。

パワー・スピードともに下火が上まわっているので、やすやすと尻餅《しりもち》をつかせることに成功した。

だが体格・ヒップともにアーシャが上まわっているので、お尻で弾《はず》んでその勢いで上を取られる。

馬乗りになったアーシャが床に手を突き、仰向《あおむ》けの下火を見おろす。長い髪がカーテンのように垂《た》れさがり、左右の視界をふさぐ。天井の照明もさえぎられて、暗くて狭いふたりだけの空間みたいだった。

アーシャの大きな目がまっすぐに下火を見る。彼女の頬《ほお》がうっすら紅《あか》く染まったように見え、なぜか下火も顔が熱くなるのを感じた。下火の胴を挟《はさ》みつけるアーシャの太腿がぎゅっと締まる。床に転がったドライヤーが空《むな》しく温風を吐いている。

(女どうし、密室、床ドン——何も起きないはずがなく……)

そのとき、部屋のドアがノックもなしに開かれた。

「おーいアコ、何かチョコ的なお菓子あったら——あっ……」

百合香《ゆりか》が部屋の戸口から顔をのぞかせていた。Tシャツの裾から手をつっこんでおなかを掻く。

「ごめんごめん。つづけてつづけて」

「つづけません!」

アーシャが跳《と》びあがって下火の体から離れた。下火は起きあがり、アーモンドチョコの大袋から二、三個取って百合香に差しだした。

「まあそういうのを試してみるのも悪くないと思うよ。グループの人間関係にコクが出る」

彼女が出ていったあとのドアをアーシャはしばらく見つめていたが、やがて下火の方を見た。

「先輩はああいってたけど、どうする?」

「……どうもしない」

下火はドライヤーを拾いあげてスイッチを切った。

アーシャが帰ると、下火はうつぶせになってため息をついた。大きな犬を抱っこして寝たい気分だった。

（パト疲《づか》……）

この寮はいつも騒がしくてトラブルばかりで、心の休まる暇《ひま》がない。入る前に思いえがいていた生活とは大ちがいだ。

（だが待てよ……）

発想の転換で、ここがイケメンアイドルたちの集《つど》う寮だったら、と考えてみる。イケメンたちがいっしょに入浴したり卓球したり床ドンしたり――

下火は起きあがり、ヘアケア用品のポーチに隠してあったノートを取りだした。さっそくいまの思いつきを書きつけてみる。

（タイトルは、そうだな……『メロディ・リリック・ボーイズ・マジック』。冒頭部は……『まるで魔法のようだった』――）

資料としてスマホにナズマのヌード写真を表示させ、下火はドリーム小説のプロットを書きすすめていった。

了

あとがき

沖津《おきつ》区のモデルとなった街にはかつて生類憐《しょうるいあわれ》みの令で保護された犬たちを収容する「犬屋敷」があった。それを記念して現在、区役所前に「お犬様」の銅像が置かれている。

先日、そこをとおりかかったとき、老婦人の連れているダックスフントがお犬様の銅像に向かってギャンギャン吠《ほ》えていた。本物の犬と見まちがえたのだろうか。銅像を作った人がこの光景を見たらきっとよろこんだことだろう。

私の書くものもそのようであったらいいと思う。

石川 博品

この作品の感想をお寄せください。

あて先　〒101-8050　東京都千代田区一ツ橋2-5-10
集英社　ダッシュエックス文庫編集部　気付
石川博品先生　POO先生

ダッシュエックス文庫

メロディ・リリック・アイドル・マジック

石川博品

2016年7月27日　第1刷発行

★定価はカバーに表示してあります

発行者　鈴木晴彦
発行所　株式会社　集英社
〒101−8050　東京都千代田区一ツ橋2−5−10
03(3230)6229(編集)
03(3230)6393(販売／書店専用)03(3230)6080(読者係)
印刷所　図書印刷株式会社
編集協力　大間華奈子

ISBN978-4-08-631128-1 C0193

ダッシュエックス文庫

文句の付けようがないラブコメ
鈴木大輔
イラスト／肋兵器

文句の付けようがないラブコメ2
鈴木大輔
イラスト／肋兵器

文句の付けようがないラブコメ3
鈴木大輔
イラスト／肋兵器

文句の付けようがないラブコメ4
鈴木大輔
イラスト／肋兵器

〝千年生きる神〟神鳴沢《かなるさわ》セカイは幼い見た目の尊大な美少女。出会い頭に桐島《きりしま》ユウキが言い放った求婚宣言から2人の愛の喜劇《ラブコメ》が始まる。

神鳴沢セカイは死んだ。改変された世界で、ユウキはふたたび世界《セカイ》と歪《いびつ》な愛の喜劇《ラブコメ》を繰り返す。諦めない限り、何度でも、何度でも——。

今度こそ続くと思われた愛の喜劇《ラブコメ》にも、決断の刻がやってきた。愛の逃避行を選択した優樹と世界の運命は…？　学園編、後篇開幕。

またしても再構築。今度のユウキは九十九《つくも》機関の人間として神鳴沢セカイと接することに。大反響〝泣けるラブコメ〟シリーズ第4弾！

文句の付けようがないラブコメ5
鈴木大輔
イラスト／肋兵器

死んでも死んでも死んでも死んでも好きになると彼女は言った
斧名田《おのなた》マニマニ
イラスト／竹岡美穂

女子寮の寮長になった俺は、ご当地女子と青春できるだろうか
城崎火也
イラスト／マニャ子

女子寮の寮長になった俺は、ご当地女子と青春できるだろうか2
城崎火也
イラスト／マニャ子

セカイの命は尽きかけ、ゆえに世界も終わろうとしている。運命の分岐点で、ユウキは新婚旅行という奇妙な答えを導き出すが――。

陵介が出会ったのは、夏の三ヶ月しか生きられない美少女・由依だった――。鎌倉を舞台におくる、今世紀もっとも泣けるラブコメディ。

自分が通う高校の女子寮の寮長に任命された春人《はると》。大阪出身の璃子《りこ》、福岡出身の菜々美《ななみ》、沖縄出身の真帆《まほ》、謎の美女・瑞貴《みずき》に囲まれて!?

幽霊騒ぎ、バイト、合コン…魅力的な寮生に囲まれ、楽しい毎日を過ごす春人だが、本命は瑞貴ただ一人。寮長の想いは届くのか!?